ALL THE MOTORBIKE LIGHTS
AMASAWA TOKIO
時
すべての原付の光
沢時生
房

コラージュ制作：鶴貝好弘
装幀：コードデザインスタジオ

すべての原付の光

目次

すべての原付の光　7

ショッピング・エクスプロージョン　31

ドストピア　97

竜頭　121

ラゴス生体都市　179

すべての原付の光

公民館で車をいったん停めると、記者はスマホの電話帳を開いた。登録名「不良」にコールする。

「目印の公民館に着きました」と記者は告げた。

「向かって左手の細道に入れ」と不良が応答する。

言われた通り車を小道に突っ込む。地区掲示板に貼られた、二期前の首相のポスターのそばを通り過ぎる。長らく剝がし忘れたまま放置されて色褪せ、落書きだらけだ。人物の目元はサングラスで覆われ、口にはギャングの極太の葉巻、お腹の前で組んだ腕の上にはアニメ調の下手くそな猫のイラストが描かれており、その口元からマンガのフキダシが伸びている。セリフは「ニャー」ではなく「殺すぞ……」だ。周囲の家々を観察すれば、大半がくたびれた木造家屋、なのに駐《と》めてある車は妙にいい車が多く、どれも改造《カスタム》されていて車高がやたらに低い。

深夜の暴走でご近所に迷惑かけてる時代錯誤な族《ゾク》を取材しろ——滋賀県湖東エリアの地域情報

誌編集部に勤める記者は、上司に命じられて嫌々、近江八幡市内随一の治安クソ悪《ワル》エリアにやってきたのだ。

両脇を塀に覆われて車幅ぎりぎり、対向車絶対お断りの細道を徐行で進むと、やがて視界が開けた。集落のはずれ、見渡す限りの田んぼのなかに、錆の浮き出た灰色のトタンに覆われた、巨大な箱がぽつねんとある。そこが記者の目的地だった。

「ガレージに着きました」記者はハンズフリーで電話の相手に呼びかける。

「側面がルーフ付の駐車場になってんだろ？」車載スピーカーから不良の声が答える。「そこに駐めろ。ただし、シャッターの前は開けとけよ」

指示通りガレージのシャッター前を避けて停車する。エンジンを切って外に出た。生温かい風に近所の豚舎の悪臭が混ざる。時刻は黄昏時で、水の張られた六月の田んぼは血の色をしていた。

*

「ガチで半端ねえ機械なのさ」

記者に向かって不良は言った。サングラスをちょっとさげて、とっくにおなじみのはずの機械に熱っぽい視線を注ぐ。

まもなく中学生の坊やが一人、ぶっ込まれる。単車に乗る度胸もない癖に、粋がって原付で国道八号線を攻めた罪だという。

吹き抜け二階建てのガレージは、大工の棟梁だった不良の祖父の大工小屋を改修したものだ。仮にシャッターから四トントラックを四、五台乗り入れてもまだまだゆとりのある空間は、実際はガレージというより体育館に近い。かつては四メートル超えの材木が屋内にぎっしり積まれていた。それらがすっかり売り払われてしまうと、後には乗り物好きな不良仲間たちの、無闇に広く無法にうってつけな悪の秘密基地となった。

真っ赤なスチール製の工具箱、山積みにされたスペアタイヤ、キャブレター・シンクロナイザー、メンテナンススタンドに支えられたタイヤのないカワサキＺ４００ＦＸ《フェックス》。祖父の代から使われている、年季の入った長机の上はカスタムパーツやネジなどの工具であふれ、地べたにはピザの空箱がいくつも落ちている。

公道側のシャッター付近には原付バイクが所狭しと並べられている——その数、合わせて十二台。すべてイキリ中学生から強奪《ジャイアン》したものだという。

件《くだん》の機械はこのような混沌の中心に鎮座する。ハイエースを横向きに三台並べたくらいのデカさがあり、長い砲身《バレル》を持つ外見はキャタピラのない戦車のようだ。

あれれ、おかしいぞ、と記者は早くも感じていた。一体この機械は何なのか。私は凡庸な田舎ヤンキーを取材しに来たはずだが？

今宵の供物となるご新規の中学生が、静かなる機械の傍らで宙吊りにされている。かつては木材の上下階運搬に利用されていたという電動横行昇降機《ホイスト》は、現在も快調に稼働した。中学生は泥と血で汚れた学ラン姿で逆エビに縛られ、吹き抜け二階天井から垂れる電動横行昇降機《ホイスト》のワイヤーの先っぽで、キーホルダーのキャラみたくぶらぶら揺れている。

不良は自分がさらってきたこの少年の名前も知らないと言い、小便くさいガキへの侮蔑を込めて単に「中坊」と呼んだ。その後頭部をつかみ、砲丸投げのスタイルでオラッとぶん投げる。紐が軋《きし》み、逆エビに縛られた体が宙で前後に揺れるたび、アイパッチで目隠しされた中坊は、あっ、あっ、と悲鳴をあげた口元から白い歯が覗く。上の歯の右から四つ目だけ「グリル」と呼ばれる装飾用の金歯が被せてある。金歯は裸電球の光を浴びて、ぴかぴかと黄色の光を放った。

不良はこの街の暴走族チーム『神威《カムイ》クラッシュ』の幹部だった。病的な青白い顔をして、真っ赤に染めた髪をトサカみたく逆立てている。オーバーサイズの白Tの首元で、安っぽい銀メッキのチェーンがじゃらじゃらと音をたてる。記者が中坊を憐れみ、ワイヤーをつかんで揺れを抑えてやりたい、でも血と泥で自分のシャツを汚すのはいやだ、とへんてこな体勢でがんばっているあいだも、彼は機械の下に潜り込んだり、梯子《はしご》をのぼって上の部分を点検したり、最後の仕上げに余念がなかった。

「喧嘩上等！」と不良は言って梯子を下りてくる。機械の準備が整ったという意味だろう。

床に直置きされたマーシャルのアンプから、『12モンキーズ』の映画サントラが爆音で流れている。トライバルなビートに乗ったトム・ウェイツのしゃがれ声にかき消されぬよう、記者は声を張り上げて訊ねた。

「こういうこと！　よくやるんですか！」

「狩りのこと言ってんなら！」と不良が怒鳴り返す。「ここんとこバリバリだわな！」

そしてスピーカーのボリュームをちょっと下げた。

『原付狩り』さ」と不良はノーマルボリュームでつづけた。「クソしょうもねえ奴がしゃしゃってきたとき、原付取り上げて落とし前つけさす。それが俺の役目だ」

不良は壁際に立てかけられた折りたたみパイプ椅子の山から二脚を引っ張り出し、機械の前に広げた。

「んなところ突っ立ってないで座れよ」と記者に声をかける。

記者はぺこぺこと頭を下げながら着席した。そして不良への貢ぎ物を持参したことを思い出し、仕事用のメッセンジャーバッグからブツを引っ張りだした。

地方ヤンキーの心の恋人《プッシーキャット》、ストロングゼロ。

ヤバ、と不良はテンションの高まりを隠さずに叫んだ。記者が三種類用意したなかから「しっかり果実感」と書かれたダブルレモン味をチョイスして受け取ると、北斗神拳・柔の拳の使い手トキのごとき流麗な手つきでプルタブを押し上げた。

一気に喉へ流し込む。

「よく冷えてんじゃん」

「車内で冷やしておいたんですよ」

「あんたの車、冷蔵庫ついてんの」不良は目を丸くした。「もしやベンツ」

「マイバッハSクラスです」マックスでローンを組んだ。

不良は甘い吐息を漏らしながら、「生きてここまで来れてよかったね……」と言った。「俺のツレん誰かに目ぇつけられたら『は？　ふざけんな』っつって即廃車よ？」

うちのメンバー、全員もれなくトランクに鉄パイプ積んでっから、と乾いた笑い声をあげる。

「とりま危なくなったら俺ん名前出しゃいいから」

「わかりました」

おう、と上機嫌で請け合い、記者の肩をぱんと叩く。記者はクラスのカースト上位組に毎日肩パンされていた学生時代を思い出し、危うくキレかけたが、好意のスキンシップだからと己に言い聞かせて昂ぶる気持ちを抑えた。

「ここに来る前からいろいろ調べてたんだろ」と不良は言った。こいつのことだが、と機械を指さす。

いやまったく？　なんすかコレ？——困惑を胸に秘めたまま、記者は曖昧な手つきをした。不良は重ねて訊ねることはせず、満足げな顔で、

「教えてやる、しゃあなしだぜ」

パイプ椅子から立ち上がり、赤ら顔で講釈を垂れ始めた。

「そもそもこの機械は先の総長の発明品でな。俺も先代の頃から原付狩り任されてっから、完成までの一部始終を見てきたよ。その上で言わせてもらうが、マジで非の打ち所のない完璧なマシンだ」

機械は主に三つの部位で構成されている。超重量級の自重を支える支点となる砲座部、回転式《リボル》拳銃《バー》の弾倉《シリンダー》に似た、ただしずっとデカい機構を備えた砲塔部、斜め四十五度にそそり立つ円筒型

の砲身部だ。

不良は砲座に上り、黒光りする砲身《バレル》を愛おしげに撫ぜた。砲口《マズル》は壁の一点に狙いを定めている。バッティングセンターからくすねてきた物だろう、赤白を交互に配色したターゲット柄に、緑色の文字で「ホームラン！」と書かれた円形のホームラン看板が、三角屋根に覆われた吹き抜け天井の真下に設置されている。的《まと》の高さはおよそ七メートル、砲口《マズル》からの距離はおよそ十メートルほどだ。

弾倉《シリンダー》は左側に振り出され、輪切りレンコンの断面によく似た弾倉をさらしている。装弾数は六発。いまは一発の弾も込められていない。

「ここに中坊を込める」弾倉《シリンダー》に向けて顎をしゃくりながら不良は言った。

「なるほど、中坊を込めますか」

「ひとたびエンジンをかけさえすりゃあ、あとは機械が勝手にやってくれる」

ＢＡＮＧ！　といきなり叫んだ。

「天国までひとっ飛びさ」

「助けてください！」と中坊が喚《わめ》いた。

「黙らせてちょうよ」

不良の指図を受けた記者は、「落ち着いてください」と中坊に声を掛けながら鎮静剤代わりのストロングゼロを飲ませた。中坊は慣れないアルコールにむせて咳きこみ、たちまち恐慌に陥った。

「砲身《バレル》のなかには入墨機構《タトゥーマシン》が仕込まれている」

中坊の悲鳴など意に介さず、不良は優雅に説明をつづけた。

事前セッティング時、不良が機械に対して行った調整は大まかに分けて二つ。一つは砲座下部に設けられた給墨タンクにインクを流し込むことだ。補給されたインクは機械の全身に行き渡り、砲身《バレル》内部に搭載された無数の自動針《ニードル》に充填される。

「射出時、中坊は砲身《バレル》のなかをぐるぐる高速回転しながら進む。筒んなかをびっしり埋め尽くす小型電子モーター駆動の自動針《ニードル》が、そいつの全身に向かってピストン運動を繰り出す」

超高速でピストンする自動針《ニードル》が機械内部の人体を刺して表皮に瑕《キズ》をつけ、内側に隠れた真皮に色彩《イロ》を注入する。この工程の完了までにかかる時間は僅か〇・五秒。一瞬にして艶やかな〝刺青《ルーン》〟が刻まれる。

「刺青《ルーン》の制御はこっちの制御盤で行う」不良は先刻上っていた梯子の上を指さした。「制御盤は砲塔《タレット》のてっぺんだ。タッチパネルディスプレイで自動針の打ち込みパターンを操作できる。こいつを弄《いじ》るのが事前セッティングの重要項目二つ目だ。入力したパターンに応じて、入墨機構《タトゥーマシン》は人体のキャンバスに刺青《ルーン》という名の図像を描く……そういう寸法さ」

「――ちょっと待ってください」

記者の手のなかで、空になったストロングゼロ瞬感ライムの缶がパキャッとか細い音をたてて潰れた。記者は改めて自分に問いかける、私は粗野で偏差値の低い田舎ヤンキーを取材しに来た……はずだよな？

不憫すぎるだろ。

よくよく考えれば端《ハナ》から怪訝《おか》しかったのだ。なんだよ、「ガチで半端ない機械」って。中坊が

「さて、事前準備が済めばいよいよ中坊が射出される――」

不良は記者の困惑と制止にも構わず、憑《つ》かれたようにお喋りをつづけた。

「――〝鉄砲玉《バレットマン》〟の誕生だ」

「鉄砲玉《バレットマン》？」記者はなじみのない言葉を思わず繰り返した。

「秒速三四〇メートルの速さで砲口《マズル》から射出される瞬間――」不良が待ってましたとばかりに流暢に解説する。「人体に一・二一ジゴワットの電流を流すことで、中坊は鉄砲玉《バレットマン》になる。このとき、あらかじめ歯にかぶせた金色の次元転移装置《グリル》が、通電により稼働を始める」

「何が起きるんです」

「刺青《ルーン》は言うなれば、図像の姿を借りた座標だ。人体に刻まれた座標情報を元に、鉄砲玉《バレットマン》は指定時空間座標へと転移《ワープ》する」

記者は耳を疑った。「転移《ワープ》、と仰いましたか」

不良はこくりとうなずく。「流刑さ。この世界とは異なる時空間へのな」

彼が不敵にほくそ笑むのを見て、記者は先刻の考えを改めた。たとえ偏差値が低かろうと、ヤンキーは気合いで補うことができる。あるいは本物の不良が私刑《リンチ》にかける想いは、ときに宮崎駿クラスの「凶暴なまでの情熱」というやつを孕《はら》むものなのかもしれぬ。

「あの的を見ろ」

不良は頭上のホームラン看板を指さした。

「俺らの機械は、今日までに総勢十一人のイキリ中坊を血祭りに上げてきた。なら看板はいま頃、奴らの血で真っ赤に染まっててもおかしくねえ。なのにあの通り、まっさらのままだ。どうしてだと思う？」

答えは明白だった。「全員もれなく、ばっちり転移《ワープ》している」

「ザッツ・ライ」不良は満足げにうなずく。そして言った。「ストロングゼロおかわり」

記者はバッグに手を突っ込み、ストロングゼロ・ダブルグレープフルーツ味を取り出して不良に差し出した。

不良はかぶりを振って言った。「そっちの子に」

記者は中坊に呼びかけた。「あちらの方からです」

一本目のストロングゼロは、記者の予想以上にストロンガーな鎮静効果を中坊にもたらしたようだった。大人しくなったガキの顎をくいっと押し上げ、二本目の酒を喉奥にゆっくり流し込む。不良が歩み寄り、中坊の耳元で「喜びな」と甘く囁く。「いまからすんごいことしちゃうよ」

中坊はぞくりと体を震わせ、声変わり前のお可愛い声で喘いだ。深田えいみに言葉責めされる夢でも見ているのかもしれない。

遠雷がかすかに聞こえた。

「始めよう」と不良は静かに告げた。

中坊のすぐ隣に、電動横行昇降機《ホイスト》の押ボタン開閉器がぶらさがっている。不良は中坊同様ワイヤーで吊られたそれを手に取り、物理式の押ボタンをプッシュした。中坊を吊るし上げるほっそりと艶めかしいワイヤーがぎこちない動きで上昇する。吹き抜け天井の間近に設置された電動横行昇降機《ホイスト》の本体が、やかましい稼働音をたてて天井のレール上を水平移動する。中坊の体が宙吊りのまま、ゆっくりと砲塔《タレット》に近づいてゆく。

　ＵＦＯキャッチャーみたいだな、と記者は思った。

　不良の巧みなリモコンさばきにより、中坊は逆エビのままシリンダー穴にしっぽり飲み込まれる。

「装填完了」

　不良は事務的な口調で言った。そしてタイヤのないカワサキＺ４００ＦＸ《フェックス》のそばに歩み寄った。ライトグリーンのガソリンタンクに白抜きロゴを刻んだ、永遠のやんちゃマシンだ。二輪のはずされたメンテ中の単車に、彼はおもむろに跨《また》がった。

　記者は先刻見逃していたディテールに気づいた。単車のキャブレターにはオウムガイの螺旋のごとくカールしたケーブルがいくつも繋がれている。長大なケーブル群は地べたを這って件の機械の砲座底部に潜り込んでいる。

「殺すぞ！」と不良がいきなり叫んだ。

「すみません」

　どういうことなの、と思いながら記者は思わず謝罪した。

「お前に怒ってんじゃない」と不良は言った。「お前も言え」

どういうことなの？

記者の困惑をよそに、不良は再度、殺しの言葉を復誦した。

「殺すぞ！」

「殺すぞ」今度は大人しく従った。

よし！　と不良が叫んだ。そしてたてつづけに、

「ぶっ殺すぞ！」

「ぶっ殺すぞ！」

「ぜってえ殺す！」

「ぜってえ殺す！」

「死ぬがよい！」

「死ぬがよい！」

じゅうぶんに己を鼓舞して体が温まったことを確認すると、不良は差しっぱなしのイグニッションキーをオラッと回した。

　バババ

ババ
ババババババババ
　タイヤなき単車《ミロのヴィーナス》が目を覚ます。「乗れるものなら乗ってみろ」とでも言いたげな、カワサキ自慢の排気量４００ｃｃじゃじゃ馬動力が、螺旋状のケーブルを媒介して件の機械へと送り込まれる。

　特攻機械《ブッコミマシン》が覚醒する。

　轟音がガレージ全体を震わせる。やわなトタンの壁が、シャッターが、機械の目覚めを祝福するように、でかい図体をゆさゆさと揺らして笑う。機械はみるみる熱を持ち、恥じらうようにボディを紅潮させた。

「夜露死苦《ヨロシク》！」と不良は叫んだ。

　アクセル全開で空吹かししながら、ホーンスイッチを押し込んだ。高らかな六連ラッパの音がこだまする。お決まりのゴッドファーザー愛のテーマが、革命のファンファーレとなる。シリンダーギャップからガスが漏れ、炎が噴きあがる。耳をつんざく爆発音とともに、砲口《マズル》から目映《まばゆ》い閃光が迸《ほとばし》った。

　背後に真一文字の紅蓮の航跡を残し、鉄砲玉《バレットマン》がぶっ飛んだ。

　音速に達した中坊がホームラン看板に突き刺さりミートソースをぶちまけようというその直前、先刻のマズルフラッシュよりも一際強く、眩光が炸裂した。

　記者は思わず目を閉じた。それは一瞬のことだった。だが再び目を開けたとき、中坊はもう消えていた。ホームラン看板は相も変わらず、僅か〇・一ccの血すら浴びていない清らかな姿のままだ。

「転送完了」

不良は淡泊な声で作業報告すると、デニムのサイドポケットから電子タバコのVAPEを取り出して加熱ボタンを押した。

「彼は」記者は驚きに声を詰まらせながら訊ねた。「どこへ行ったのですか」

「あいつは行っちまったのさ」不良は遠い目をして答えた。「厳正なる法定速度の裂け目の先、ジゴワットの向こうへ」

「ジゴワットの向こう」と記者は上の空で繰り返した。「そこに何があるというのです」

不良はドリップチップを口に含み、煙を吸い込んだ。肺のなかでじっくり滞留させたあと、少量の煙を吐き出した。甘ったるいバニラフレイバーがガレージ内部にたちこめる。天井に向かってゆっくりと立ち上っていくCBDの煙をほんの少し蕩けた目で見つめながら不良は、

「そこに絶対者がいる」と答えた。

記者は首をかしげた。

「たとえ話でもおとぎ話でもない。本当のことさ」

「わからない。絶対者とは？」

「人類は、畏怖とともに奴をこう呼んできた――」不良は曇りなき眼《まなこ》で記者を見つめながら答えた。「――〝神〟」

記者はつかの間絶句する。それから訊ねた。「真剣《マジ》？」

「真剣《マジ》」と不良は答えた。「入墨機構《タトゥーマシン》にインプットされているのは先代総長が偶然発見した時空間座標だ。神はそこにいる。奴はいまも安全圏からこの街の警察《ポリス》を操り、俺らの運命をねじ曲げては、退屈しのぎに仲間《ツレ》をときたま、しょっぴいたり事故死させたりしやがるんだ。むかつくだろ？　だから俺ら神威《カムイ》クラッシュが、街をレペゼンして神《ゴッド》をシメる」

不良が言うにはこうだ——彫師《タトゥー》志望で罰ゲーム大好きだった彼らの先代総長は、ぶちのめした相手を必ず地元に連れ帰り、刺青《タトゥー》の練習台にした。済んだらそいつに目隠しをして愛車に乗せ、猛スピードで壁に激突させて愉しむのが趣味だった。

その道楽の過程で事件は起きた。雷鳴轟く嵐の夜、湖西《ウエッサイ》の敵性暴走族構成員をグシャグシャにボコって捕獲した。理由は「中坊のクセに金ぴかグリルでイキっててウザかったから」。そいつの体にさんざん刺青《タトゥー》を彫りまくった後、深夜に中学校グラウンドへと連行した。耳なし芳一と見紛うばかりの全身刺青中学生を、全裸目隠し状態でロケットカウルの愛車《ゼファー400》に戻し、バックネットに突っ込ませた。

ネットに正面衝突するその直前、予想外の事態が起きた。落雷《ライディン》が奴の体を直撃したのだ。このとき総長謹製のオリジナル刺青《タトゥー》が、グリルの帯電により刻印《ルーン》としての効果を発現した。こうして奇跡的に一方通行《イッツー》な『辺獄《リンボ》』の門が開いたのである。

「神は死んだ」とニーチェが宣言して久しい。だが本当は死んでいなかった。神は上司の横暴に嫌気がさした天使たちによって放逐されたのだ。現在は天国と地獄のはざまの空間、すなわち辺《リン》獄《ボ》に幽閉されている。

キリスト教圏においてそこは長らく、幼児が亡くなった後に行きつく場所と考えられてきた。なぜか。罪を犯した者が地獄へゆくのは周知の事実だろう。同様に幼児も罪を持つ。なぜなら洗礼を受けていないからだ。その罪とは、ヒトが生まれながらに持つ罪――すなわち原罪である。洗礼前の幼児は原罪により天国へ行くことができない。だが地獄へ行くほどでもない。そこで彼らの霊魂は、はざまの世界――辺獄《リンボ》へと至る。

神威《カムイ》クラッシュを束ねる先代総長にとって、神との邂逅は願ってもない僥倖だった。暴走族は力への反抗を至高の美学とする。ならこれ以上の敵はいねえ――「神を殺《や》る」と決めた。

神の棲まう世界へと至るための諸条件を全確定するまでには、多くの犠牲者が出た。昨秋には「全員気合いが足りねえ」としびれを切らした先代総長その人までもが、コンクリの壁に正面衝突して帰らぬ人となった。

総長が死に、機械が残った。既に入墨機構《タトゥーマシン》の全自動化が完了し、『神の時空間座標』は族内部《チーム》のセミオープンソースと化していた。最愛の頭領《ヘッド》の死をきっかけに、不良たちはついに最後の条件を看破した――「この門をくぐる者は浄らかなる魂を捧げよ」

童貞、すなわち浄らかな魂を持ちながら、他方、ガキの分際でクソ生意気に原チャリ乗ってる罪深い奴、すなわち原罪持ちのイキリ中坊を〝ぶっ込む〟ことにより、辺獄《リンボ》の門は完全に開かれた。

「そんな試行錯誤と積み重なる屍《しかばね》の上に、誕生したのが鉄砲玉《バレットマン》というわけですか」

「そうさ。鉄砲玉《バレットマン》は神殺しの弾丸。聖なる中坊を神殺加工《コーティング》した殺傷力バリバリの完全被学生服弾《フルスクールジャケット》が、威張り散らかす神の威光を粉砕《クラッシュ》する。そういう類の喧嘩が、この世にはある」

「驚いたな」記者は感嘆のため息を吐いた。

「鉄砲玉《バレットマン》の役割は文字通りの爆砕だ。最高速度で神と正面衝突し、致命傷を負わせる」

「すでに十一人の鉄砲玉《バレットマン》を送り込んできたのでしょう。本当に神を殺すことなどできるのですか」

「県警による暴走族検挙件数はこの数ヶ月、急速に減少している。俺らの攻撃が奴に届いてることの何よりの証左だ」

「言われてみればそんな気がしてきた」

「時間の問題さ。いまに俺ら、拝むことになるはずだぜ」不良はセリフを二つに割ってキメた。

「きたねえ花火ってやつをよ?」

そのときだった。シャッター近くに並んだ原付のなかの一台が、ふいにヘッドライトの光を灯した。

記者は眉をひそめ、不良を見た。

俺じゃない、と不良は首を横に振った。

二台目の原付がスタンドアローンで点灯する。

怪奇現象が連鎖する――三台目、四台目、五台目。

半数を超える。七八九十十一十二――

――すべて。

すべての原付の光。

チカチカと明滅を始めた。一糸乱れぬ明滅だった。

光のリズムは心臓の鼓動を彷彿とさせる。

それが、だんだんと加速する。

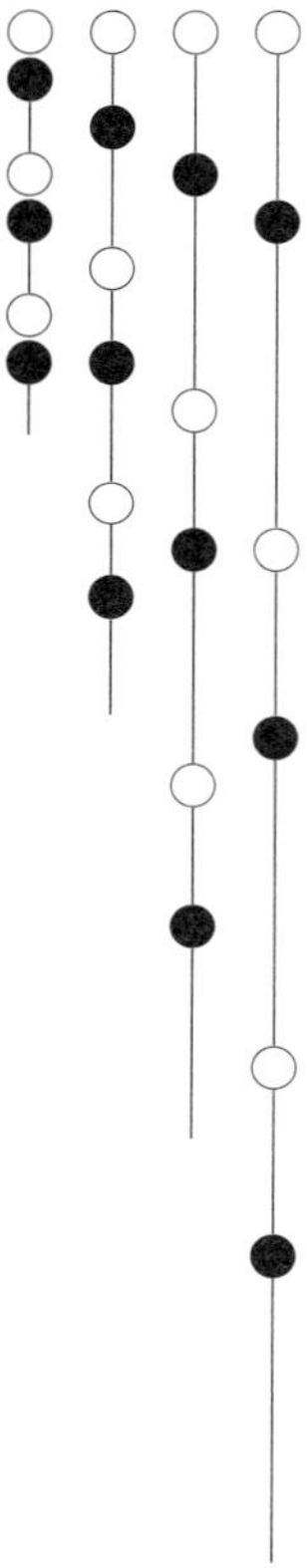

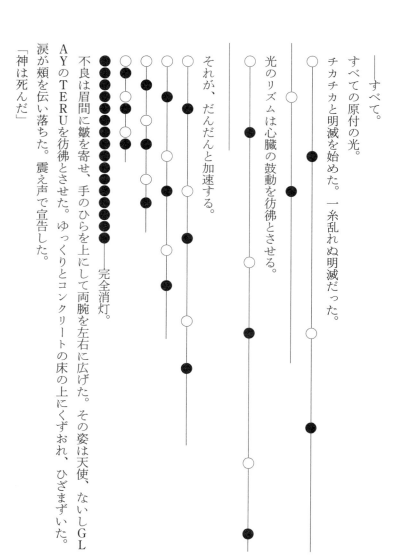

完全消灯。

不良は眉間に皺を寄せ、手のひらを上にして両腕を左右に広げた。その姿は天使、ないしGLAYのTERUを彷彿とさせた。ゆっくりとコンクリートの床の上にくずおれ、ひざまずいた。

涙が頬を伝い落ちた。震え声で宣告した。

「神は死んだ」

いまや不良は、涙と鼻汁で顔じゅうびしょびしょだった。明らかに様子が異常《おか》しい。相好は弛緩し、口の端から涎が垂れ落ちる。いきなり甲高い雄叫びをあげながら、ガレージのシャッターに取り付いた。乱暴な手つきで開け放つ。

夜であった。

対向車とすれ違うのも一苦労のささやかな道路は生白い硬骨を彷彿とさせる。その先に田んぼが、果《はて》しなく拡がる。朧月下、稲は宵闇に抱かれてなお、不気味な程に青々と萌え、張った水面は鏡のようだ。

不良はしきりに絶叫を繰り返しながら水田への特攻を敢行した。サングラスの所為《せい》で視界は限りなくゼロに等しいはずだが、それでも孤独な行軍が止むことはない。泥濘《ぬかる》んだ泥に足首まで浸かり、泥土を攪拌し、時折足を取られながら鈍鈍《のろのろ》、邪舞邪舞《じゃぶじゃぶ》と進んでゆく。

やがて残月がすっかり雲隠れすると、常闇《とこやみ》が不良の陰影を不明瞭にした。オーバーサイズの白Tを纏った後ろ姿がひどく曖昧になる。そして最後まで朦朧《ぼんやり》と残った銀メッキのチェーンの煌めきまでもが、辻風に晒された蠟燭の火のように、ふっ、とかき消えてしまう。

断末魔にも似た、不良の叫喚のか弱い残響が束の間、現世に留まり、そして潰えた。

虚空に沈黙が充ちてゆく。記者はシャッター扉の前に立ち尽くす。

雨が静かに降り始めた。次第に激しさを増し、豪雨に変わる。大粒の雨の機関銃がトタンを撃ち、水田に散弾をばら撒く。

――やがて。

不良が融けた闇の深奥より、帰還者の輪郭《シルエット》がじんわりと滲み出した。

その姿形は最初、塹壕を匍匐《ほふく》前進する兵士のそれのように、記者には思われた。だが暗順応した目で凝《じ》っと見つめるうち、次第に気付く――鉄砲を握って殺し合いを演ずるには、彼らの肢体はいささか小柄すぎる。

不良を呑んだ闇より出《いで》し来訪者。

それは十二人の全裸の赤ん坊である。

現世に生まれ落ちて間もないと見える赤子の群れが、日が暮れてからの夕立により水量の増した田んぼのなかを、ハイハイしながらやって来る。推進速度は並の赤ん坊と何ら変わらない。お得意の匍匐《ハイハイ》前進を頑張って、ようやく水田の際《きわ》まで到達すると、短く肉付きのよい両腕をアスファルトの上にひたっと乗せた。黒水のなかからつるっとした背中が露《あら》われる。

記者の背筋を怖気《おぞけ》が走った。

赤子らは揃って厳めしい刺青《いれずみ》を背負っている。

泥水と泥土と鉄砲雨の戦野を踏破した人類最年少の兵士たちは、その勇姿を慄然と凝視する記者に向かって、にっこりと笑いかけた。こぼれた乳歯に実装された、かつて金色の輝きを放っていた次元転移装置《グリル》が、ことごとく漆黒に焦げついている。

十二人の赤ん坊は、一斉に躰《からだ》をのたくらせ、えいっと公道に上陸した。

その刹那、彼奴等《きやつら》の躰が一廻り、体積を増したかに見えた。

目の錯覚であろうか――否《いや》。現実にそれは起きたのだ。

続けざまにぐるんとでんぐり返りを繰り出し、両のあんよでアスファルトを踏みしめたとき、彼らは既に三歳だった。

小っちゃなおててを支えにして、よいしょとたっちしたとき、彼らはもう五歳だった。

漸く二足歩行で歩き始めたとき、彼らはもう八歳だった。

そして記者の傍らを悠然と行き過ぎ、ガレージ内部へと侵入したとき、彼らは既に中坊だった。

めいめい往時の愛車に跨がり、イグニッションキーを回す所作により原付に息を吹き込んだとき、彼らは最早、強奪主義《ジャイアニズム》の原付狩りを返り討ちにしてなおも精力余りある、逞しい大人の肉体へと成長を遂げていた。

十二人の鉄砲玉《バレットマン》は幾度か空吹かしして記者を牽制した後、遂に再び原付を発進させ、聖イグナチオ教会の大聖堂を支える十二本の白き石柱の如くひしゃげた菱形の隊列を組んで、公道へと躍《ハ》り出た。ヘッドライトのビームで夕立の闇を切り裂き、ネオン瞬く近江八幡市中心街方面へと暴走《シ》り去った。

彼らはこの夜のうちに、街に蔓延《はびこ》る族《ゾク》共に闇討ちを掛けた。族《ゾク》がヤン車のトランクに隠匿し、あるいは単車のカスタムホルダーに格納した鉄パイプを強奪《ジャイアン》すると、一切の慈悲を持たずに野蛮な連中の脳天をかち割ってまわった。僅か十二人の元中坊による神聖なるお礼参り《バプテスマ》により、構成員一五〇名を超える湖東《イーサイ》最大の暴走族チーム『神威《カムイ》クラッシュ』は一夜にして壊滅した。

以来、再臨せし鉄砲玉《バレットマン》たちは『十二使徒』を自称し、街の秩序を守護する自警団の任に自ずから就いた。ストリートは全面的に彼らの支配下に置かれ、悪を為《な》した者は即座に脳天をかち割り洗礼される恐怖の季節が到来した。使徒の圧制下で暴走族は一人、また一人と人知れず消息を絶ち、事の始まりから僅か七日後には遍《あまね》く常《とこ》しえにこの世を去ったのである。

ここに至り記者は悟る。神が死んでも神の威光たる法《ルール》は残る。いやむしろ、いっそ神の不在こそが、法《ルール》をより一層厳正なものへと強化してしまったのかもしれなかった。

既存の最高権力者たる神が（それが事実であれ形而上のことであれ）死んだことにより、反逆精神の矛先は未来永劫失われた。現在この街を統べる十二使徒は、暴力で以てヒエラルキーを確定する暴走族の作法をそのまま採用しているという点において極めてフェアであり、族が彼らをその権力の座から引きずり下ろすことに「神殺し」と同等の大義を見出すことは困難だ。必然、メインカルチャーとカウンターカルチャーの対立構造は崩壊し、サバイバルナイフのごときギザギザ感情《ハート》の吐け口を金輪際喪失した不良という種は、とうとう絶滅《ゼンメツ》を余儀なくされたのである。いまストリートに蔓延《はびこ》るのは、強面《こわもて》は外側《ガワ》だけで中身は無償の愛《アガペー》で満たされた、「不良の抜け殻《綺麗なジャイアン》」とでも呼ぶべき空虚な存在だけだ。

真夏の熱帯夜、記者は原稿をこのような文面で締めくくると、開け放ったマンションの窓から眼下の公道を見下ろしながら胸の前で十字を切った。

血の色をした十二の聖なるテールランプが、地上の帚星《ほうきぼし》のゆらめく長い尾を引いて、国道八号線上を流れてゆく。

ショッピング・エクスプロージョン

二〇四九年、超安の大聖堂サンチョ・パンサの創業者コモミ・ワタナベはGAFAを超えて世界の救世主となった。

草木は育たず生身の動物も姿を消した世界規模の資源枯渇のさなか、サンチョ・パンサが考案して展開を開始した、人の手を介さず自然増殖するバイオ商品『自生品《プロダクトX》』は、人類にとって欠かすことのできないライフラインになる。

だがワタナベの死後、全世界およそ七万二千店を数えるサンチョ・パンサ店舗群は、管理者権限《アドミン》の失効を引き金に一斉に制御不能と化す。店のレジシステムは通貨《クレジット》による商品の売買を拒否し、店内を巡回する鋼鉄店員《メタルクラーク》は商品を手に取った客を即刻、万引犯と断定して問答無用で射殺する。

店舗拡大増殖現象『買物災禍《ショッピング・エクスプロージョン》』の始まりだ。

この驚くべき災厄下、自生品《プロダクトX》は従業員の管理下から解き放たれ、野放図に繁殖しまくった。店内からはみ出した品物は路上にまた新たな自生のための環境、すなわち売り場を設営した。そうやって店は増築拡大を繰り返しながら都市を呑み込み、地球上のありとあらゆるすべてを母なる店の海へと還元してゆく。人類に滅亡をもたらすものの正体、それは核戦争でも疫病でもなく、大型ディスカウントストアだったのだ。

だが人類はあきらめていなかった。

いまは亡きコモミ・ワタナベの最期の言葉に隠されたメッセージ——それこそがやがて訪れる商業的終末《コマーシャル・アポカリプス》を回避するためのたったひとつの冴えたやりかたなのだ、との言説が広く知れ渡る。

創業者の遺言は次のようなものだった。

——いつでも満足不思議な店内《ジャングル》の奥深く、ドカンと夢あふれる宝を隠した。探せ。当店のすべてをそこに置いてきた。

災禍の始まりから四半世紀が経った二〇七四年。ワタナベのお宝はいまもまだ見つかっていない。

1

ハービーは悪臭を放つノースビーチウッド・ドライブの路上に立ち、霧雨に煙るTERAサンチョを見つめた。

眼窩に埋め込んだ拡張現実デヴァイス『アイウエー』のズーム倍率を引き上げる必要はすでになかった。この街で一番目立つ場所を我が物顔で牛耳る巨大建造物《メガロストラクチャー》に比べれば、グリフィス天文台もユニバーサルスタジオも他愛のない子供だましに思えた。

かつてサンタモニカ丘陵リー山の山腹には街の象徴的なサインが掲げられていた――HOLLYWOOD。いまでは巨大なビルボードがハリウッド・サインに成り代わり、どぎつい黄・黒・赤のネオンをギラつかせている。店は東からやってきた。TERAサンチョアルバカーキ店――超安の大聖堂サンチョ・パンサのアメリカ合衆国における旗艦店だ。元はその名の通り、アメリカ中南部ニューメキシコ州の一都市に店を構えていた。だが買物災禍《ショッピング・エクスプロージョン》の始まりから四半世紀にわたって拡大増殖を繰り返し、国じゅうの都市を呑み込んで、ついにはここ西海岸《ウエストコースト》へと至ったのだ。

サンチョの代名詞といえば、『凝縮陳列』と名づけられた独自のディスプレイ手法だ。売り場空間を品物で徹底的に満たし、商品の無秩序空間――すなわちジャングルを形成する。貪鬼《パンサー》はそんな危険な店内《ジャングル》に分け入り、凝縮陳列された自生品《プロダクトX》を回収することを生業とする、命知らずの万引犯の総称だ。

彼らの半数は生き延びて金を手にする。チルドや生鮮食品、衣食住の生活必需品を万引して店外に持ち出す。バラックの被災者を相手に、電卓片手に手打ち販売して暴利を得る。だがもう半数は二度と戻らない。警備ロボット『鋼鉄店員《メタルクラーク》』が、サンチョの腹のうちにへたれ《ワック》な貪鬼《パンサー》の死体の山を積み上げる。

いずれにせよTERAサンチョは、間もなくこの都市を呑み込み尽くすだろう。そしてロサンゼルスもまた、店《ストア》によって支配された人類経済活動不可能地域《アネクメーネ》になる。

テンガロンハットをかぶったイワトビペンギンのオブジェが、王の貫禄をたたえてビルボードのてっぺんから都市を見下ろしている。サンチョ・パンサのマスコットキャラクター、サンペンだ。ハービーは彼の雄々しい姿を眺めながら、店内から自生品《プロダクトX》を持ち帰り荒稼ぎすることを夢想した。貪鬼《パンサー》になれるのは、基盤《ベース》に逞しい大人の肉体を持ち、かつ潤沢な資金をつぎ込んで義体化を突き詰めた強化人間《サイボーグ》だけだ。十四歳のストリートキッドにとっては夢のまた夢だった。

鉄くず拾いでその日の食事代をまかなう貧しい生活を強いられてきた。日がな一日ゾンビのようにストリートを彷徨《さまよ》い歩き、一キロの鉄くずを六五セントに換えるクソな日常。稼いだ金で青緑色の黴《かび》が生えたカチコチのパンを毎日一切れ買う。余った分は、超重くて広告だらけのフリー電脳ブラウザ『お百度』に一時間かけてアクセスし、ネット銀行に預金する。いずれ義体化の施術を受けるために必要な資本だったが、いまのペースじゃ腕一本義体化する前に入れ歯が必要になりそうだ。

「用が済んだらさっさと消えな」露天商の低い声がハービーの背中に呼びかける。「このストリートはデンジャーだぜ」

ソンブレロをかぶり褐色の肌に無数の皺を刻んだメキシコ人の商人が、アスファルトに黄色い痰を吐き出す。

先刻、この男から品物を買ったのだ。クローム鍍金《メッキ》のボディに錆の浮き出た、トリコロールカラーの『トランスフォーマー』のフィギュア。見つけた瞬間、一目惚れの電撃がハービーの背骨を駆け抜けた。ケチなマリアッチ相手に粘り強く値切り交渉して、ようやく商談成立に漕ぎつけた。全財産の半分をなげうった。貪鬼《パンサー》の夢はまた遠ざかり、今宵のパンさえ我慢しなくてはならなくなったが、それでも悪くない気分だった。何しろこのヒップな玩具《オモチャ》は、トレーラートラックのルーフスイッチを押し込めば僅か一秒で人型のロボットモードに変形《トランスフォーム》するのだ。

雨はにわかに激しさを増した。いまごろイングルウッドの橋の下では、横殴りの雨に打たれたハービーのダンボールハウスがホールトマトみたいにふやけて地べたをのたくっているだろう。デンジャーなエリアを後にして、自生品《プロダクトX》の恵みを待つ者たちの最前線、サンセット・ブールバードのバラックエリアに徒歩で移動する。

青いビニールシートをかぶせたバラック小屋の前で、腰にタオルを巻いた半裸のアジア人中年男性が、ここぞとばかりに石鹸を泡立て、雨で全身を洗っている。恍惚にうめく彼を一瞥し、再び手元に視線を戻す。ここまで歩きながらずっと手元で弄《もてあそ》んでいた。人型からトレーラートラックへ、トレーラートラックから人型へ——ロボを何度も変形《トランスフォーム》させる、その手を止めた。思わず立ち止まる。

ロボットモード時の開閉する胸部装甲の内側に、何かが貼り付けられている。

引っ張るとぺりっと小気味いい音がして、それは簡単に剝がれた。厚手のダクトテープで雑に貼ってあるだけだ。どうやらポリ塩化ビニル《PVC》製のポーチのようだった。

ポーチを開けると長さ十五センチ弱の、マフィアのボスのデカい葉巻みたいなスティック型の拡張素子《プラグインチップ》が現れる。

周囲に悟られぬよう、サイズの合っていない大人用のライダースのポケットに、即刻そいつを突っ込んだ。

ざんざ雨がいきなり止んだ。

ドレッドロックの髪を振り、フルレングスのラップパンツを絞って雨水を払う。すぐ傍らで、泡だらけの半裸の男が天を仰ぎ「そりゃないよお天道様」と抗議するが、太陽神《サン・ラ》は素知らぬ顔。

2

地下へ降りる階段を抜けると、漢字を象《かたど》ったショッキングピンクのネオンがかび臭い暗がりで光を放っている。『熊谷《クマガヤ》』――店名はマリファナの大農園で知られる日本の都市に由来する。看板のそばで両手にスパナを握りしめたホログラムのハイイログマがモンキーダンスを踊っている。投影機にガタが来ているのか、熊はときどきふっと消えてはまた現れてを繰り返す。

中華風のきらびやかな格子で飾られたショッキングピンクの防音扉を開けると、ターンテーブルの魔術師が指先から放つ音の洪水が押し寄せた。Gファンク・リヴァイヴァルがこの街のクラブを席巻している。成金のお月様みたいなミラーボールの下、暴動が勃発中。ここは逆さまの世界で、踊り方がぎこちない奴ほどヒップとされる。理由は身体を義体化しまくってることの証左になるから。

十八世紀ヴェルサイユ宮殿の貴婦人風ゴーゴーダンサーに、紫の鮫肌のゲイシャ、ブーメランパンツの太股にシンプソンズのホーマーを刺青《タトウー》したカリブの海賊、フランク・シナトラの擬顔《マスク》をかぶったアオザイの大女。他人を気にせず我流ファッションを楽しむ連中の汗の飛沫が、別の誰かの剝き出しの肩に仕込まれた鉄板の表面に落ちてじゅっと音をたてる。発散された何リットルもの汗の蒸気がフロアを包むから、ダンスホールはスチームサウナ同然、ミストで真っ白、天井に描かれた原色使いのどぎつい火の鳥は濃霧の奥になりを潜める――風流《ドープ》。

サケバー・アンド・ダンスホール熊谷の奥のＶＩＰルームで、ハービーは故買屋《フェンサー》のキャノンボールと面会する。ストライプの三つボタンスーツとベレー帽でキメたブラックの巨漢は、この街のストリートギャングの大物だ。彼は取引を持ちかけてきたガキの、前ボタンを留めたライダースの胸部から顔を出すトランスフォーマーのフィギュアに目を留め、いかにもナンセンスといった風に失笑する。そしてＬ字に組まれた革張りソファの入口側を小僧に勧めた。

ハービーが着席すると、着流しを羽織り草履《ゾーリ》を粋に履きこなした日本人が脇に立って逃げ道を塞いだ。白髪に青色い肌、目元をクラシックなブラック・サングラスで隠し、腰に日本刀を帯刀している。故買屋《フェンサー》の用心棒だろう。

「Ｙｏマイメン」とキャノンボールは言った。「なんでも俺に見せたい物があるとか……」

「最高の取引になると保証する」とハービーはまず請け合い、それから用心棒を一瞥する。「だがこれじゃ気が散ってまともな商談ができないな。あんたを後悔させたくないんだが」

キャノンボールが笑う。「繊細《テクニカル》な少年。度胸は買うが、謙虚さってやつは一等大事だぜ……もしお前が同胞《ブラック》でなけりゃ、十三秒で殺《さら》ってる」

ハービーは生唾を呑み込みながら、ペリカンの頭部を模した大理石のローテーブルに取引の品を置いた。

「目的は殺し合いではなく取引《ビズ》。一応そいつを確認しておきたかっただけだ」

「お前は柔軟さを持ってる」とキャノンボールは評価し、ハービーのほとんど生身の体を舐めるように見つめた。「仕事する上で大事なことさ。俺は柔軟な奴が大好きだ。何せ抱き心地がいい」

用心棒が吹き出し、「失敬」と言った。女の声だった。

キャノンボールは片目を閉じて天井のブルーのLEDライトにチップを透かした。そして「ロゴ入り。企業モノか」と言う。彼が手を叩くと肩パッド入りのジャケットを着た女が部屋に入ってくる。彼女が手にしたジュラルミンケースをテーブルに置き、蓋を開けると、曼荼羅《まんだら》を模した幾何学模様の配線の中央にスティック挿入口がついた素子解析器《リフレックス》が現れる。

解析はものの二・五秒で終わる。

キャノンボールの顔色が変わった。大麻《ガンジャ》で弛んだ表情を引き締めてハービーに訊ねる。「こいつをどこで見つけた」

「ビーチウッドの闇市」と答える。「発見方法については現段階じゃ明かせない」

「構わんよ」と彼は言った。そしてつづけた。「これを欲しがってる奴を知ってる」

「よくわかる。百万人のビッチが涎を垂らして欲しがる代物だ」

知ったかぶりのはったりだ。ハービーはチップの中身を知らない。本当は自身の貧弱な電脳がチップの情報量に耐えうるか未知数のため、未だ挿入《ジャックイン》できずにいた。

「セロニアスを知ってるか」とキャノンボールが訊く。

「〝密林崩し《ジャングル・スウィング》〟……」

彼がうなずく。「奴の異名さ。TERAサンチョへの潜入を繰り返し、数多の貴重な自生品《プロダクトX》を発掘《ディグ》してきた超凄腕の貪鬼《パンサー》」

「伝説の男だ。あまりにも逸話が多すぎて、架空の存在だとばかり思っていたが」

故買屋《フェンサー》は首を横に振る。「実在する。その男に――」キャノンボールは鴨の羽色の瞳で宙を舞う埃を見つめながら、涙袋にインプラントしたマイクロチップを中指でダブルタップする。「――いま電話をかけてる」

ハービーは驚きを押し隠してポーカーフェイスに努めた。

「〝砲弾〟だ」とキャノンボールが通信相手に名乗る。「あんたに見せたい物がある。バチバチの一級故買品《ホット》さ」

故買屋《フェンサー》がハービーを見た。「グループに招待する。許可を」

ハービーは口をあんぐりと開けてフリーズする。ここまで精一杯虚勢を張ってきたものの、健闘虚しくいまやあっさりと素人の子供に戻ってしまった依頼主《クライアント》の様子に、キャノンボールは苦笑を浮かべた。

「何してる。早くしろ」

人差し指で自分の涙袋を指し示してレクチャーする。面会の開始から僅か数分しか経っていなかったが、明らかに態度を軟化させていた。

ハービーは涙袋通信端末《ティアバグ》をタップした。起動中。逐一時間を食う貧弱な自分の電脳が恨めしい。

「悪いな、こっちの話さ」とキャノンボールは先方に言った。「いまデータのスクショを送るが、マジでヤバイ代物だぜ。うれしさのあまり漏らしちまわないように気をつけろ」

大声をあげて笑う。もどかしさのあまり仏頂面のハービーに「気にするな」とご機嫌な目配せを送り、親指を立てて親密ささえ示してみせる。

そんな故買屋《フェンサー》の首が、いきなり飛んだ。

最先端の電脳と、それを保護する堅牢な鉄板からなる超重量級の生首が床面にキスを贈ると同時に、コンクリートに千の亀裂が広がった。まさに砲弾《キャノンボール》。

ハービーの眼前で、単分子日本刀《プログレッシブ・ダンビラ》の切っ先がＬＥＤ照明を浴びてブルーブラックに煌めいた。

用心棒に擬態したサムライが、鞭のようにしなやかな手つきで血振りする。滴る文字《ドリップ》で店の名前をスプレーした打ちっぱなしの壁が深紫色の斑《まだら》に染まった。

サムライはハービーに目を向ける直前、素子解析器《リフレックス》に刺さったままの拡張素子《プラグインチップ》を一瞥した。それで察する――狙いはチップだ。故買屋《フェンサー》の傍らで息を殺し、レア物を横取りする機会をハイエナのように待ち構えていたのだ。

残りの邪魔者にとどめを刺すべく彼女は再度、日本刀《ダンビラ》を振りかざした。

「フィギュア」と誰かが言った。

ハービーはライダースの胸元からロボットの頭をつかんで引っこ抜き、サムライの顔面めがけてぶん回した。脚部の先端が鼻先にかすり、敵の血の糸がぴっと舞う。僅かに怯んだ、その隙を逃さない。ハービーは曼荼羅の中心に手を伸ばしてチップを回収すると、ソファを乗り越えてＶＩＰルームを飛び出した。

「第一関門クリアか」

声はハービーの頭のなかで響いていた。

「密林崩し《ジャングル・スウィング》」とハービーは言った。

「セロニアスでいい」と通話者が答えた。

死の直前、キャノンボールが二人を繋いだのだ。

「さて、仲介役の故買屋《フェンサー》はさっさとくたばっちまったわけだが。お前、生き残るためのツテは……」

「心当たりがない。まことに残念なことに」

それは同時に、命の猶予もまたないことを意味している。頭をフル回転させていま最も必要な言葉をひねり出す。

「取引《ビズ》」とハービーは言った。「二百万《トゥ・ミリオン》でどうだ……」

「お前が俺を雇う……」

セロニアスの声には逡巡の響きがあった。

「お前がその大金を工面できるって保証は」

「安心してくれ」声色に自信がみなぎるよう努めながらハービーは答えた。「拡張素子《プラグインチップ》はいま僕の手元にある。これを、四百万《フォー・ミリオン》であんたに譲ろう」

「ほう……」

「実際にいただくのは二百万《トウ・ミリオン》。で、あんたは残り半分を用心棒のお駄賃として自分のポケットに収める。どうだい……」

「気に入ったぜ」ハービーの脳髄の裏側で、交渉相手が笑った。「交渉成立だ」

「ハービーだ。イングルウッドから来た」

スパナを持ったハイイログマが踊るエントランスを飛び出し、地上へ出た。雨が止み、晴れ間が去り、夜が落ちてくる。

ここいらじゃ夜になると神話めいた巨人が動き出す。燃えるような赤毛をマッシュボブにまとめ、背中の開いた純白のドレスでキメたアイシャ・モントーヤの巨大ホログラムが、すでに大元のフィルムさえ喪われた映画の空虚な宣伝のため、夜の街《ナイトシティ》上空をゆうゆう闊歩する。

「Ｙo、イングルウッド。早速だが、ＧＰＳの共有を」

いわれた通りに送信する。

「ＯＫ、確かに受け取った。ぶっちゃけお前はいま死にかけているが、安心しな。俺が必ず生きのばしてやる」

密林崩《ジャングル・スウィング》しの命を受けた、彼の所有する自動運転車のうち最も至近で待機する一台――第十二世代のシボレー・カマロカスタムが、ＧＰＳを元にものの七秒で駆けつけ、ハービーの傍らに乗りつけた。

ガルウイングを派手に押し上げてハービーを体内に迎え入れると、たちまちトップスピードをたたき出す。超ファンキーなＧがかかり、ハービーのお腹とバックシートがくっつく。車体がブルースを高らかに奏でる。ベース音はエンジン、情感たっぷりに歌うタイヤの軋《きし》み。そこに、防弾ガラスのビートが刻む痙攣的なリズムがさらに絡む――追っ手が発砲してきやがったのだ。

だがバックミラーに映り込んだサムライの姿はたちまち遠ざかっていく。これ以上追いかけてくる素振りはない。奴はその場に片膝をついた。あきらめてくれた……――答えは否だ。

サムライは着流しの片袖をはらりと落とし、肩を露出させた。黄褐色の肌の上で桜吹雪が舞っている。桜の花びらの上に鉄の筒が覆い被さる。

ロケットランチャーだ。

撃発《ぶっぱ》。

奈落への急降下。気分はまるで躁鬱病に罹った死にかけの猿だ。

そのときダッシュボードの液晶にメッセージが表示される。中性的な音声がテキストをなぞるように喋った。

［お任せください］

プシュッとガス噴出音がしていきなり車のルーフが飛んだ。思わず天を仰げば、四角く切り取られた夜空に屹立する厚化粧の摩天楼《バベル》。

　ロケット弾はバックミラーのなかで成長期のガキのようにすくすく育っている。もう間もなく着弾し、ハービーに殺しの烙印を押すだろうというとき——宙を舞うルーフが放物線を描きながらアスファルトに突き刺さり、二者のあいだに割り込んだ。

　砲弾が防弾ルーフと正面衝突する。轟音とともにド派手な花火が咲いた。ストリートにたむろする浮浪者たちの阿鼻叫喚と、アスファルトの破片の跳ね回る音が、ブルースに重層的なコーラスを追加する。

「危機は去りました」とカマロの車載ＡＩが結果報告《リポート》した。

「おめでとう、イングルウッド」と頭のなかでセロニアスが言う。「今度こそお前は生存者《サヴァイヴァー》の勲章を手に入れた」

「僕は何もしていない。この車が勝手にやったことだ」

「違うね。お前の心意気が奴のそれに勝《まさ》った結果さ」

「精神論《サイコロジカル》……」

「ノー。根性論《ガッツ・セオリー》」まだ見ぬ男のドヤ顔が目に浮かぶようだった。男はつづけた。「もっとも、俺のＡＩ《ツレ》が超イケてるってのも真実《リアル》だが。マギーは信頼の台湾製さ。道中仲良くやってくれ」

「はじめまして、イングルウッド。私はマギーです」

　マギーはセロニアスに促されてハービーに呼びかけ、自己紹介をした。

「先ほどは素晴らしい体験をされましたね。ザッツ・ハリウッド・エンタテインメント」

「おかしいな」ハービーは苦笑する。「生まれてこの方、スタントマンを志望したことは一度もないんだが」

「人間にしては気の利いたことを仰いますね」とマギーは言った。

「マギー、お客様をロスで最も安全な楽園《ハライソ》にお連れしたまえ」とセロニアスが言った。

3

自動運転車はサンタモニカ大通りを南西に進み、北太平洋を望む海岸道路を経由してベニス・ビーチ沿いへ。買物災禍《ショッピング・エクスプロージョン》の影響による立ち退きを間近に控えた高級ホテル、三つ星レストランが入り乱れるビーチの一画に、細長い針のような建造物が立っている。ロケーション的にはほぼ灯台だ。かつての釣桟橋を改築した、海に突き出した長い鉄橋の先で、カプセルホテルの車用ゲートが開く。

螺旋状のスロープを一番上まで昇り、終点で停車するとフロアを区画するシャッターが閉まる。ワンフロアにつきワンパーキング、ワンルームの超高セキュリティホテル、その最上階がセロニアスの斡旋先、つまりは今宵、ロスで最も安全な宿泊所だ。

「チップの受渡しは翌朝」と通信の最後にセロニアスは言った。宿泊費はその代価から差し引くとのことだった。そうしてホテルでの一夜はハービーにとって真に気ままな自由時間となる。

十四年間の人生のなかで最上のひとときだった。室内はセキュリティ重視のため窓一つなかったが、代わりに壁には雄大で美しいサバンナの大自然が投影されている。備えつけの配膳エレベーターで代替肉《ダイズミート》のステーキが届く。下階の厨房で調理したばかりの焼きたてだ。噛みしめると味わい慣れた青カビの臭味の代わりに、肉汁の香ばしく豊かな風味が口内いっぱいに広がった。一塊の巨大水晶をくりぬいたバスタブに浸かり、シャワージェルで泡だらけになりながら、太陽に喧嘩を売るアジア人のことを、遠い故郷に残した肉親のように懐かしく思い出した。

キングサイズのウォーターベッドに体を横たえると、極度の疲労も相まって、あまりの気持ちよさに底なし沼の深みへとどこまでも沈んでゆきそうな心地がした。

ハービーは自分の人生が初めて軌道に乗り始めたように感じた。明日の朝には金が手に入る。貪鬼《パンサー》として稼ぐために自分を義体化するプロセスなんざ、すっ飛ばせるほどの大金だ。

あくびを一つ。目を開けたままでも眠れそうだった。

ふいにまどろみが霧散する。思い出したことがあった。

例の拡張素子《プラグインチップ》のことだ。大人たちが目の色を変える超謎めいた逸品。その中に何が隠されているのだろう。

キャノンボールの素子解析器《リフレックス》が中身を解析するのに要した時間は、僅か二・五秒だった。もちろん、解析器自体の性能差によるところも大きい。だが時間の短さから察するに、決して大した容量ではないはずだ。

拡張素子《プラグインチップ》の謎の究明が、この極上の夜に足りない唯一のものとなった。

どうしても知りたくなって、自然と呼吸が荒くなる。好奇心が僕を欲情させる。そいつが安全保障に勝るのに、大した時間はかからなかった。ハービーはソファの上に投げ出した昼間のライダースのポケットをまさぐり、チップを取り出した。再びウォーターベッドに戻り、ヘッドボードに背中を預ける。

震える指先にスティックを握りしめ、自らの首の後ろの接続端子《ターミナル》に、思い切って挿入《ジャックイン》する。

ウォーターベッドの底が抜けて、奈落へ落っこちる。

サ

とお腹に書かれた、テンガロンハットのイワトビペンギンが、雲一つない青空にぽつねんと浮かび、こっちを見ている。いぶし銀の瞳の上に蓄えた豊かな金色の眉が超《スーパーサイヤ》野人のように逆立っている。

ハービーをまっすぐに見つめる瞳が、ふいにうつむく。釣られて視線を落として、息を呑んだ。既視感のある景色が眼下に広がっていた。昼間も見た光景だ。ロスの街、ビーチウッド・ドライブからよく見える場所――アルバカーキからやってきた、超安の大聖堂サンチョ・パンサの旗艦店がそこにある。だが昼間と決定的に異なる点が一つだけあった。

店内がスケスケなのだ。

解像度は極めて低く、細部はモザイクがかかっている。それでも全体構造を把握するのには十分すぎる情報量だった。
幻投《ヴィジョン》アプリケーションを弄《いじ》るのは初めてだったが、ディテールの制御はともかく、基本操作は普段お百度にフリーアクセスするときと変わらず直感的で、すぐに慣れることができた。一つのポイントに視点を定め、ロープをたぐり寄せるジェスチャでズームイン。反対にズームアウトするときは砂をまくようにして手のひらをぱっぱと払う。簡単だ。

コツを理解した頃にはすでに大興奮の渦中にいた。一足先に天国へ行ったキャノンボールの言葉で言えば「一級故買品《ホット》」、あるいは——

「——虎の巻《チート・シート》」

独りごちる声が震えた。TERAサンチョの内部構造はいまや、透明容器のなかで断面をさらす蟻塚同然だった。働きアリたちのたゆまぬ労働の成果のごとく、あちらで部屋が増え、こちらで通路が開通しては、新たな自生品《プロダクトX》が繁殖し、貯蔵されてゆく様が、手に取るようにわかる。店が形成する迷宮全域を逐次走査し掌握する、随時更新される地図——『生ける地図《ホログラム・マッピング》』だ。

数多のフロアを俯瞰するうち、とりわけ目立つ一つの反応に気づく。

店の全高はいまや一〇〇〇フィートを超える。店内の最も高い場所で、赤いひし形の信号が点滅している。他区画以上に画像が粗く不明瞭な信号の発信ポイントに、おそるおそる視線を合わせた。すると即座に、視界の斜め上でウィンドウがポップアップした。

社員番号：0000000000001

役職：代表取締役会長兼ＣＥＯ
氏名：渡辺薦実　Ｋｏｍｏｍｉ　Ｗａｔａｎａｂｅ
入社月日：１９７８年９月10日

情報は当該人物のものと思われるバストアップ写真の隣に併記されている。渡辺薦実——コモミ・ワタナベ。いまや世界にその名を知らぬ者はいないだろう。ジェフ・ベゾスにイーロン・マスク、ビル・ゲイツらそうそうたる顔ぶれを抑え、没年までのおよそ三十年以上にわたり世界長者番付のトップランカーに君臨しつづけた実業家、超安の大聖堂サンチョ・パンサの創業者その人だ。

あまりにも奇妙だった。信号は明らかに創業者の社員証《ID》反応を示している。

だがコモミ・ワタナベは四半世紀も前に亡くなっているはずだ。

「バグか。それとも——」

——幽霊か。

ステーキ、泡風呂《バブルバス》、ウォーターベッドの極上の夜が、日本式の陰鬱な怪談《クワイダン》にすり替わる。薄ら寒さと、逐次アップデートされる最新の好奇心とが、ハービーの心の領域を占有していく。

それらが気づきを遅らせた。

たったいままで店の全景を捉えていた、視界が再び歪んだ。鮮烈な眩しさがハービーの視界を簒奪する。光のなかで火花が弾けた。

焦げた匂いが鼻を突く。響き渡る警報が妙に遠くくぐもって聞こえた。

しくじったと気づく。少し注意を払えばわかることだった。なんて間抜けなんだ。だが遅すぎる。

拡張素子《プラグインチップ》の内部プログラムは現在も粛々と巨大建造物《メガロストラクチャー》の走査をつづけている。ならば店の拡大増殖とともにチップ内データの総容量もまた、増加の一途を辿る道理なのだ。

挿入《ジャックイン》の最初期段階において、マップデータはすでにハービーの貧弱なストレージをギリギリまで圧迫していた。そこからさらに同期・反映を繰り返すうち、ついには電脳の安全許容値限界を突破した。

気づけば再び霧雨のなかにいた。雨が豪奢なスイートルーム内部に降りしきっていた。胸中に宿ったインスタントな野心と欲望の火を、消し止めようとするものの正体はスプリンクラー。遠い星に手を伸ばしすぎたのか……ストリートキッドにお似合いの末路というわけだ。

そして意識は断線する。

4

サンチョ・パンサの歴史

——クリスティーナ・ニンジャ・クロフォード『新サンチョ・パンサ論—彼女はいかにし

て超安の教皇《ハイエロファント》になりしか——』より抜粋

一九七八年、創業者コモミ・ワタナベは彼女の偉大なる足跡《ジャイアントステップ》のささやかな一歩目となる小規模ディスカウントストア『我楽多《がらくた》市場』を東京都杉並区に開業した。以後、卸売業への参入を経て、一九八九年には大型ディスカウントストア『サンチョ・パンサ』の記念すべき第一号店を府中にオープンした。

店舗拡大に伴い、社員の大幅増員が行われた。我楽多市場の経営時は、僅か十八坪の狭いフロアだけが企業の主戦場だった。極論すれば、ワタナベというカリスマ一人いれば経営は成立した。だが今後はそうはいかない。チェーン展開する全国の店舗のクオリティ・コントロールをワタナベ一人で担うなど、カゲブンシンのジュツを使わない限り不可能だ。

『凝縮陳列』、『POP爆撃』、『スポット商品仕入れ』——後にサンチョの世界制覇を実現するためのノウハウの多くが、すでに出揃っていた。ワタナベはまず、秘伝の技を社員に伝授しようと努めた。だが彼女自身が十年以上の歳月を費やして会得した技術をいくら口で説明したところで、経験の浅い新人社員に神髄を伝えるなどとても叶わない。ワタナベは初めて「社員教育」という壁にぶちあたった。

試行錯誤の日々を経て、彼女は戦略を一八〇度切り替えた。ノウハウの伝授をすっかりやめてしまい、代わりに、ただ「好きにやれ」と伝えた。丸投げである。仕入れから陳列、値付け、販売まで、各店舗の全権を社員たちに委ねた。そしてあれをしろこれをしろと命令する代わりに、それぞれの社員への全幅の信頼と感謝を熱く表明した。

　これが当たり、社員たちを大化けさせた。

　当時、ワタナベはいわゆるやんちゃな人材を好んで採用した。実績もなくどこの馬の骨ともわからぬドラフト外の雑草集団で、だからこそ負けん気の強さにかけては粒ぞろいだった。共通点といえばはらわたに抱え込んだ、「いまに見ておれ」とさかまく内圧ただ一つだ。権限を与えられると、彼らは途端に輝き出した。柄の悪い不良がたたき上げの英雄へと生まれ変わり、雑草集団はミラクル集団へと大変化を遂げた。

　後にサンチョ最大のサクセス要因にして企業の根本理念となる『権限委譲』の萌芽である。

　年月を重ねて世界進出を果たし、ついにはGAFAを超えて世界の覇権を握った後も、ワタナベは叩き上げ社員への尊敬《リスペクト》を決して忘れず、権限委譲の理念に従ってあらゆるものを後続に譲り渡した。

　だが、そんな彼女がどうしても譲らなかったものが一つだけある。

　世界企業の社長の椅子だ。


目を覚ますと同時に眼前の銃口《マズル》とお目々が合う。

拳銃の持ち主はハービーの額に照準《エイム》を合わせたまま、優雅な声で「おはよう」と言った。「気分はどうかね、我が宝地図《トレジャーマップ》」

二メートル超えの大男だ。クローム合金製のイカつい柵状眼鏡《シャッターシェード・サングラス》で目元を覆っている。

黒い素肌に直接シルバーの鋲《スタッズ》をいくつも打ち込んだスキンヘッド、裸の上に蛇革《パイソンレザー》のロングコートを羽織り、ふくよかな胸筋と割れた腹筋《シックスパック》をこれ見よがしに露出している。首に巻かれたゴールドのブリンブリンはキングコブラのように太く重厚だ。

「馬鹿なことをした」と男が言う。

いったん死にかけた脳が徐々に活動再開し、聞き覚えのある声だと気づく。

「密林崩し《ジャングル・スウィング》、あんたか」とハービーは言った。「もしかして僕は命を救われたのか……」

「いま俺がどんな気分でいると……」とセロニアスはハービーの質問を無視して訊ね返した。

シャッターシェードの奥の瞳が何色をしているのか、うかがい知ることはできない。だがわななく声色から察するに、きっと瞳の上で怒りの炎がめらめら燃えている。

ハービーは答えた。「いますぐそいつをぶっ放したくてうずうずしてる」

「ご名答」と貪鬼《パンサー》は言った。「褒美に死をやろう」

ハービーは目をきつく閉じて待った。だが夏休《サマーバケイション》みみたく長い十秒間が経過した後も、終わりのときはいっこうにやってこなかった。代わりにあきらめたような男の嘆息が聞こえた。おそるおそる目を開けると、男はコートの内ポケットに拳銃をしまうところだった。

「やめておこう」と彼が言う。

「案外優しいんだね」

「ぶち殺したくてもそうできねえ理由があるのさ」

「命を助けてくれたのも同じ理由かい……」

「まあな。代わりと言っちゃなんだが、お前がおねんねしてる間に、頭んなかを好き勝手に覗かせてもらったこと、後出しで報告しておこう」

ハービーは自分の頭に触れた。荒っぽい闇医者の手際による手術痕の継ぎ目が、右《アール》のこめかみのそばから耳の上、後頭部を回り込んで左《エル》のこめかみへと、ドレッドの茂みを横断する畦道《あぜみち》よろしく走っている。

「お前の電脳ストレージとメモリ、少しばかり増設しておいたぜ。これでいましばらくは保《も》つだろう。生きのばしってわけさ」

「密林崩《ジャングル・スウィング》し、あんたに心からの感謝を」

「他人に簡単に心を開くんじゃねえ」ぴしゃりと言った。「大人と対等に仕事してえなら、常に虚勢を張りつづけろ。さもないと足をすくわれちまうぜ、イングルウッド」

「ハービーだ」と訂正する。

セロニアスは何も言わず肩をすくめる。

「それを言うなら」とハービーは反論する。「あんただっていささかお人好《ガラブル》しすぎると思うがね」

「言ったろ……やむなくさ」苛立たしげに鋲だらけの頭を掻いた。「いまやお前はただの依頼人《クライアント》じゃねえんだ」

首を横に振った。「わからない。確かに二転三転したが、取引に支障はないだろう……それとももしかして――」一つの危惧が芽ばえる。「――僕の電脳がショートした影響で、素子《チップ》が破損した……」

今度はセロニアスが首を横に振る番だった。「もしそうなら、お前はいまごろ永遠の眠りについてる」

「確かに」

「その点は安心しな。二重の意味でな」

「チップは無事。よって僕の命も保証される」

「そういうこと」

「しかし、それならなおさら、この商談に何の問題が……」と重ねて訊く。「手術代も追加で差っ引けばいい。簡単だ」

セロニアスはもう一度深いため息をついた。口元をへの字に曲げ、心底呆れたという調子で、

「Yo、お前の愛しい接続端子《ターミナル》にいますぐ指を這わせてみろよ」

戸惑いつつも言われた通りにする。すぐに手を止め、つづけざまに息も止めた。

さながら腹上死した愛人のペニス、あるいは月に突き刺さったロケットだ。拡張素子《プラグインチップ》はハービーの首根っこの接続端子《ターミナル》に繋がったまま、ボディを溶解させていた。ショート時の放熱の影響だろう、両者はいまや完全に結合している。

「これでわかったろ……いまとなっちゃあ、素子《チップ》を受け取ってはい終わり、ってわけにはもういかねえのさ。摘出は不可能、肝心のチップがお前と同衾したまんまグダりやがる、『この人と離れたくない』ってな」

「だからあんたは僕をさっきの呼び名で呼んだ」

――宝地図《トレジャーマップ》。

「そういうこと。拡張素子《プラグインチップ》の受け渡しが不可能ってんなら、残された手段はただ一つ。すなわち、お前という完全攻略本《パーフェクト・ガイドブック》片手に貪鬼《パンス》する」

ちなみに、と彼はつづけた。

「お前に拒否権はないぜ……」

「断ればまた拳銃で脅すのかい……」

「もし俺が根っからのお人好し《ガラブル》で、お前を殺すことを躊躇《ためら》ったとしよう。それでも結局、お前は風前の灯火さ」

セロニアスの言葉の根拠に思い至る。「例の腹ぺこ怪獣《モンスター》……」

「そうさ」と彼は言った。「お前はもう逃げられない。なにせ奴はいまもすくすく育ってるんだ。お前の脳みその空き領域を、旺盛な食欲でパクパク食い潰しながら」

――この場合、ストレージ増設は応急処置にしかならない。仮に、街の義体屋に金を支払いさらに拡張したところで、寿命が僅かに延びるだけだ。サンチョ・パンサの成長速度は指数関数的に加速している。ハービーの電脳の空き容量は遅かれ早かれ結局、育ちざかりの腹ぺこ怪獣《モンスター》に食い尽くされてしまうだろう。

「そうなりゃ今度こそ、命の保証はないと思え」

要するに、九死に一生を得たものの、ハービーは近い将来、やはり死ぬ可能性が高いということとだ。

「どうすればいい」とハービーは訊ねた。

「店の拡張を止めりゃあいい」セロニアスはあらかじめ質問の答えを準備していたかのように即答する。「単純さ」

「確かに単純だ。口で言うだけなら」

「ヒントならあるぜ。偉大なる先人が遺してくれた」

――いつでも満足不思議な店内《ジャングル》の奥深く、ドカンと夢あふれる宝を隠した。探せ。当店のすべてをそこに置いてきた。

「サンチョ・パンサ創業者の最期の言葉さ」

「ワタナベの大秘宝《サンピース》、か」

「商業的終末《コマーシャル・アポカリプス》を回避するための、たったひとつの冴えたやりかただよ」

「根拠のない神頼みに思える」

「神にだってすがる」と彼は答えた。「なんだってやるさ。どれだけ格好悪くても、生きのばすためならな」

ハービーは少しの時間、考えを巡らせた。そして言った。「あんたに訊いておきたいことがある」

「ジャンジャン訊いてくれたまえ、インタビュアー。超一流の貪鬼《パンサー》に取材する、またとない機会だぜ……」

「質問は一つだけ。あんたがそうまでしてTERAサンチョと向き合う理由は……」

セロニアス自身が先ほど豪語して見せたように、貪鬼《パンサー》としての地位と名声と金ならば、彼はとっくに手にしているはずだ。だったら命の危険を冒してまで、これ以上何を望むのか。

「これは笑わないで聞いてほしいんだが」

と彼は言った。そしてウォーターベッドの傍らに置いたスツールからケツを浮かして身を乗り出した。サングラスを額の上へ押し上げる。露わになった男の目は、擬眼《アイモデル》に置き換えられてはいず肉眼のままだ。

無邪気な少年の目をしていた。上等な馬の毛並みを彷彿とさせる、豊かな睫毛がその周囲を飾っていた。

「世界平和」とセロニアスは言った。「それが俺の夢さ。この街だけじゃない。世界のすべての人々に、平等に幸せになってほしい。いつでもみんな笑顔で、美味いものを食い、美味い酒を呑み、愛し合い生きていってほしい。そのために俺は店を、サンチョ・パンサの暴走を止めるんだ」

驚きを禁じ得なかった。こんな大人に出会ったことは、これまで一度だってなかったのだ。

「よくわかった」とハービーは言った。

「何がわかったのか言ってみたまえ」

「あんたはやっぱりお人好し《ガラブル》し、しかも並外れたお人好《ガラブル》しだ。アポカリプス下の突然変異人間。完全無欠な時代錯誤の理想主義野郎」

少年の目をした大人の男が、罵倒とも取れるハービーの言葉を眉一つ動かさず受け止める。そして次の言葉を粘り強く待ち受ける。ハービーは男の目をまっすぐに見返してつづけた。

「要するにイケてる《ハイプ》。よって僕はあんたを肯定する」

「改めてよろしく、俺の宝地図《トレジャーマップ》」

「あるいはあんたの完全攻略本《パーフェクト・ガイドブック》」

「パーフェクトな理解だ。子供にしちゃ聞き分けがよすぎるくらいさ」

「笑わせないでくれ。これは大人同士の取引《ビズ》、そうだろ……」

セロニアスは堪えきれずに噴き出した。

「やっぱお前、いい度胸してるぜ」

ハービーは自分のこめかみを人差し指で小突いた。「ところで僕のここ、あとどれくらい保《も》つと思う……」

「そいつは空き容量をかっ喰らう、腹ぺこ怪獣《モンスター》のご機嫌によるところが大きいだろう」と彼は答えた。「だからざっくり当て推量になっちまうが、まあ保《も》ってせいぜい十二時間ってとこだろうな」

何一つ変えることができなければ、それがハービーの寿命ということだ。

「必ず取り戻す」とハービーは言った。「自分の脳を好き勝手にする権利を、いつまでも店には預けておけない」

「その通りさ。Ｙｏ、命の時間を無駄にするなよ。四十秒で支度しな。そろそろ出かけるぜ」

きっかり四十秒で来たる決戦の準備を整えた後、ハービーたちはパーキングを独り占めする偉ぶったカマロに乗り込んだ。

「お二方とも、心なしかすっきりとしたお顔をなさってますね」とマギーが二人をからかった。

「朝からお楽しみですか」

「お行儀のいいお前は知らねえようだから教えといてやる」とセロニアスは言った。「仲間《クルー》の絆は時として下半身の繋がりより強え」

「偏差値の下がりそうな事柄を私に学習させることはどうぞお控えください。ぺっ、ぺっ！」

「Yo、ハ、ハ、ハービー」とセロニアスが呼びかける。「こいつをお前に渡しておく」

ハービーはセロニアスが差し出したブツを見、次に男の顔を見上げた。

「ふてくされた顔をするなよ。ガキがバレるぞ」

「二二口径ってところ……子供だましのトイガンだ」

「いいや、違うね」とセロニアスは首を横に振った。「悪いが生憎、お子様セットの持ち合わせはいまなくてね。お前の言う通り確かにナリは小さいが、性能はむしろ逆さ」

――M1977 サトナカ、通称〝小さな巨人《ミニオンゴッド》〟。全身換装の義体でも持て余すじゃじゃ馬ボーグ銃さ。ひ弱なキッズがひとたび撃《ぶ》っ放せば、反動《リコイル》で腕どころか上半身まるごと持っていかれちまうかもな。

「要するに万策尽きた後の自殺用……」

「良くて自爆テロ」敢えてお気楽な口調で言いながら肩をすくめる。「自分《てめえ》の命、投げ出したって構わねえって局面がもしもお前を訪れたら、その時は見せてくれるかい……〝心意気〟ってやつを」

相棒《バディ》の言葉にうなずきながら、また我が身が恨めしくなる。体だけじゃない、経験のなさにもだ。受け取った銃は見てくれに見合わずずしりと重く、信じがたいほどだった。

5

自生品《プロダクトX》の発明

――クリスティーナ・ニンジャ・クロフォード『新サンチョ・パンサ論―彼女はいかにして超安の教皇《ハイエロファント》になりしか―』より抜粋

ここに一冊の書物がある。企業理念集『商売神髄』――サンチョ・パンサの創業者自ら、あるべき企業のフレームづくりのために企業の進むべき明確な理念やポリシーを書き記し、後世に残すべく編纂した、全ビジネスパーソン落涙の五輪書《ゴリンショ》だ。

本書のなかに次のような一節がある。

小売企業にはアポトーシスが必要不可欠である。

アポトーシス、すなわち〝計画的細胞死〟は、清浄な細胞が自ら死を選び、新たな細胞と入れ替わってゆく現象だ。ワタナベは、企業もまた生物体同様であると捉えていた。すなわち、売り場の固定化は許されず、常に変化し新陳代謝を繰り返さなければならない。この考えに基づいて二十世紀に考案されたのが、サンチョ・パンサのDNAに深く刻み込まれた『権限委譲』の理念である。

そして二十一世紀も半ばにさしかかった二〇四九年――すなわち彼女にとっての最晩年、また一つの革新的な発明がもたらされた。自ら繁殖して新陳代謝を繰り返すバイオ商品『自生品《プロダクトX》』だ。

深刻な環境変化によりあらゆる資源が逼迫《ひっぱく》する抜き差しならぬ社会状況下、自生品《プロダクトX》は人が豊かな社会を取り戻すための希望の光になると、当時、誰もが信じた。

だが結局、豊穣の夢は脆《もろ》くも崩れ去る。全世界で大々的な商品展開が開始された、僅か半年後のことだった。サンチョ・パンサ全店を掌握する管理者権限《アドミン》の失効がその理由だった。

ワタナベは自らの後継者を選ぶことなく逝ってしまった。彼女は常に変化を求め、多くの権限を後続に委譲し、企業内部の計画的細胞死《アポトーシス》を推し進めたが、社長権限だけは最期まで頑なに委譲しなかった。そのことが今日《こんにち》までつづく店舗拡大増殖現象『買物災禍《ショッピング・エクスプロージョン》』の引き金になってしまった。実に示唆的で皮肉な結果と言えよう。

計画的細胞死《アポトーシス》により元細胞が新たな細胞にその座を移譲するのとは反対に、アポトーシスせずひたすら自己増殖を繰り返すのががん細胞だ。買物災禍《ショッピング・エクスプロージョン》はいわば、母なる青い星を蝕《むしば》むがん細胞のようなものだ。お百度にアクセスして地図アプリを展開し、航空映像を確認すれば容易に理解できるはずだ。空から見下ろすマクロな視点に立てば、「店《ストア》」という名のがん細胞が「地球《ガイア》」という宿主の体を蝕み急速に転移していく様子が、はっきりと見て取れるだろう。

――だがミクロな視点においては、災禍の見え方もまるで違う。

ハービーとセロニアスの突入時、店内はさながらバブル絶頂期の日本のディスコだった。キッチンラックのお立ち台でハロウィンコスプレセットと空気清浄器が踊り、ダイエット用バランスボールが凝縮陳列された日清焼きそばＵＦＯのボウリング・ピンを崩す。オノ＝サイタマ食品機械社製の電撃式焼芋機《スイートポテト・ブリッツ・デヴァイス》が過熱により周囲に火災を発生させると、サンチョのプライベートブランド『灼熱価格』の『天使すぎるやわらか敷き毛布』がのたくりまわって鎮火する――

――狂気《ロコ》。

混沌のマハラジャを駆け抜けると、今度はサンチョ創業時からの店の名物『オルガン階段』が現れた。鍵盤を模した踏面を踏むと、階段がドレミファソラシドを奏で出す。

「そら、おいでなすったぞ」とセロニアスが言った。

彼の言葉通り、『鋼鉄店員《メタルクラーク》』が音を聞きつけて追いかけてくる。ハービーたちを〝排除スベキオ客サマ〟と即座に判断、十二本のイカゲソを巧みに動かし、八本の蛸足からさらに枝分かれして伸びる八本の触手に握りしめた計六十四本の青龍刀を振り回して追い立てながら、警報代わりのサンチョ・パンサ・スペシャルテーマソング『Ｍｉｒａｃｌｅ　Ｍａｒｋｅｔ〜サンチョ・パンサのテーマ〜』を歌う。

サンサンサン　サンチョ
サンチョ・パンサ
常々満悦　奇跡のジャングル
（ジャングルだ！）
サンサンサン　サンチョ
サンチョ・パンサ
全世界どこでも愉快なお店
サンチョ・パンサ

ハービーたちはサンチョのプライベート家具ブランド『ＡＴＡＳＨＩＮＣＨＩ』シリーズのソファの死角に身を潜め、息を殺して鋼鉄店員《メタルクラーク》をなんとかやり過ごした。

「経路は」とセロニアスがハービーに訊く。

ゆっくりと深呼吸する。セロニアスの手によるメモリ増設でいくぶん処理速度の向上した電脳上に生ける地図《ホログラム・マッピング》を展開して確かめる。

「問題ない」と答える。「逃げ回った割に外れてない」

コモミ・ワタナベの社員証《ID》は、いまも昨晩と同じ地点——この店の最上階で赤く点滅を繰り返している。

頭がギャンギャンに熱かった。熱病の要因なら一つしかない。TERAサンチョの全長は、昨日に比べて二千八百フィートも増加している。奴の成長速度は予想を遥かに上回り、ますます加速していくようだ。

「今朝あんたが立てた『十二時間』って目算だが、残念ながら悪い方向にはずれそうだ。奴さん、本気で攻略本を焚書しにかかってる」

「結構。そうなるよか前に、俺らでワタナベのお宝を手に入れちまえばいい」

「いいね」余裕ぶって笑う。「どちらにしても燃える展開ってわけだ」

セロニアスは自動小銃を対戦車ライフルに持ち替えた。ここからは派手にいくつもりなのだ。ソファの陰から顔を出して慎重に周囲を見回した。家具コーナーを後にして再び通路に躍り出ると、こちらに手招きをした。ハービーも先輩貪鬼《バンサー》の後につづく。

「一説によればさっきの歌」とセロニアスが言った。

「テーマソング……」と相づちを打つ。

うなずく。「あの曲、日本じゃ国歌より広く歌われているらしいぜ」

「なんだ、無駄話《アイドルトーク》か」

「気が紛れるかと思ってな」

「逆効果さ」

実際、緊張感ある潜伏のなかで忘れかけていたサンサンサンサンサンチョ・パンサのメロディが再び脳内で鳴り始めたのでウザかった。

「まあそう言わず聞けよ」とセロニアスがたしなめる。「祝いの席、結婚式、葬儀、ときには場末のスナックでしっぽりと――日本人は人生のありとあらゆる局面でサンサンサンサンサンチョサンチョ・パンサと朗らかに唱和してきたってんだから恐ろしい。国民的歌謡曲《クラシック》ってわけさ」

「僕には死の行進曲《デスマーチ》に聞こえた」

「耳を塞げ」

「いまさら遅い。頭んなかで無限ループだ。サンサンサンサンサンチョって――」

言い終わるより前にセロニアスは対戦車砲を発射する。

「ファック！」とハービーは毒づいた。「耳元でお祝いのクラッカー鳴らす無作法者はどこのどいつ――」

六十四本の青龍刀でフル武装した鋼鉄店員《メタルクラーク》が、ハービーの脳天めがけて上空から降ってくるぞの最中、二〇ミリ口径弾の熱い抱擁を受け止めて爆砕した。

「俺のお祝い、どうだった……」にやにやしながらセロニアスは言った。

ハービーは手のひらを返して「心の友よ」と言った。

対戦車榴弾《HEAT》の炸裂がヤバい奴らを目覚めさせる。

TERAサンチョ店内のいたるところに設置された、『灼熱価格プレミアム』のMEGAヒット商品『臨場感ヤバすぎ3Dサウンドバー』が、七色のイルミネーションを放ちながら耳に残るテーマソングを一斉に歌い始めた。サンチョ・パンサ全店がモンスタークレーマーの侵入を捕捉し、冷酷な殺《や》る気を本格化させたのだ。

店内は物質社会《バビロン》の邪悪な戯画と化す。我が物顔で弱者に暴力を振りかざす邪魔な警察《ポリス》のごとき鋼鉄店員《メタルクラーク》が、総動員で隊列をなし、サンサンサンサンサンチョサンチョ・パンサと皆殺しのメロディを響かせてやってくる。

もはや多勢に無勢、正面からまともに闘《や》り合っても勝ち目は絶望的だ。隠密も抗戦もあきらめ、死に物狂いで上層階へとひた走った。

マップが示す通り、十数秒で開けた空間に出た。直径およそ七十フィートの円筒型の塔の内部空間、そのすべての壁面に、過去商品《レガシー》のコンテナがみっちりと凝縮陳列されている。この型破りな幾何学的墓標で、再びオルガン階段にお目に掛かる。螺旋状の階段が、塔の内縁に沿ってはるか上空に伸びている。

ハービーは急く足を止めぬまま頭上を仰ぎ見た。拡張現実眼《アイウェー》のズーム倍率を最大値まで引き上げ、頭上百フィート先の丸天井の刻印を視認する。イワトビペンギンのお腹に書かれているのでおなじみ、変にぷにぷにとしたフォントの〝**サ**〟の一文字。

「いいニュースと悪いニュースがある」とセロニアスに呼びかけた。

「いいニュースから聞こうか」

「間もなく目的地」

「何よりだ。悪いニュースは……」

オルガン階段の一段目に足をかけた。鍵盤が地を這うような低い「ド」の音を奏でる。

「このクソな階段をのぼりきった者だけがたどり着ける」

「おお、神よ」セロニアスはわざとらしく嘆いてみせる。「天国への道は楽しい音色を奏でる悪意で舗装されている」

「神は言った、音楽も奏でられないダサい輩は地獄に落とそう」

「フム、まさに死の行進曲《デスマーチ》」

「いまこそ僕らは――」早くも荒い息を吐きながらハービーは言った。「――試されてるんだ。〝心意気〟ってやつを」

「おおっと、新米貪鬼《ルーキー》」セロニアスがほくそ笑む。「それってなんて精神論《サイコロジカル》……」

「ノー。根性論《ガッツ・セオリー》」

「ちげえねえ。役人根性《フェイク》のポリスを貪鬼根性《リアル》でぶっちぎれ！」

サンサンサン　サンチョ
サンチョ・パンサ
お得度満点　超安ジャングル
（ジャングルだ！）
サンサンサンサン　サンチョ

サンチョ・パンサ
この世のすべてが揃ったお店
サンチョ・パンサ

爆音で流れ続ける『Miracle Market～サンチョ・パンサのテーマ～』が、ポリスとコソ泥が階段を踏みつけて奏でるオルガンの音色と混ざり、店内に不協和音の地獄を現出させる。

音の洪水に邪魔されて察知が遅れた。気づけば一体の鋼鉄店員《メタルクラーク》が、ハービーのすぐ背後に詰め寄っていた。青龍刀を高く掲げる。セロニアスが相棒《バディ》の名を叫んだ。避けきれる……否、間に合わない——ハービーは歯を食いしばった。

死を覚悟した。だが次の瞬間、ハーメルンの鋼鉄の楽隊は思いがけず一斉に動きを止めた。ようやくここまで追い詰めたにもかかわらず、接客の作法などすっかり忘れてしまったかのように、くるっときびすを返し、鍵盤も音を立てない柔らかく優雅な足取りで、階下の自生品《プロダクトX》の混沌へと戻っていく。

唖然と彼らを見送った。そうしてハービーたちの前に残されたものは、丸天井に描かれた〝サ〟の刻印と、オルガン階段の終端に設置された、高さ二・五メートルの扉だけとなる。

セロニアスが肩をすくめた。「どうなってる……」

これは雑な推測に過ぎないが、と前置きした上でハービーは言った。「そういう風にプログラムされているのかもしれない」

「一体誰に……そもそも管理者の不在こそが、いまのこの事態を招いてんだぜ……」

「たとえば、管理者はいないフリをしているだけで本当はここにいるとか」

生ける地図《ホログラム・マッピング》を展開する。赤い点滅信号は扉の奥から発信されている。

「創業者はとっくに死んじまってるはずだが」とセロニアスは言った。そして自ら言葉を継いだ。

「幽霊、か。ならさしずめ、こいつはあの世へつづく扉ってわけだ」皮肉な笑みを浮かべた。

「それにしちゃあ、随分とケチな作りだが」

極彩色に塗りたくられたこれまでの道程と対極をなす、ありふれたスーパーの従業員通用口だ。

ドアノブなし、閂《かんぬき》なし、観音開きのスイングドア。

「きっと倹約家なのさ」とハービーは言った。

「体の具合は……」とお人好し《ガラブル》が案じた。

「異状なし《オールグリーン》」と答える。「根性《ガッツ》がつづく限りずっとな」

「強がりがバレバレだぜ」とセロニアスは言った。「だがそれでこそ貪鬼《パンサー》だ」

「そんなことよりビジネスだ」とハービーは未来のゴッドファーザー気取りで余裕を見せつけた。

相棒《バディ》も口の端を吊り上げる。「ＯＫ、仕事を進めよう」

宝地図《トレジャーマップ》と密林崩《ジャングル・スウィング》しはワタナベの秘宝を目前に舌なめずりしながら、天国の扉をくぐった。

実はアパレル出身のセロニアスが、うっかり昔のクセで「おつかれっすー」と言う。

6

天国の長い従業員通路《トンネル》を抜けると東京の下町だった。
自生品《プロダクトX》の舞い踊りも暴力店員の熱唱も、ここには届かない。代わりに多様な店が手狭な道路の両脇に軒を連ねている。金物屋、銭湯、蕎麦屋、瀬戸物屋、呉服店。床屋の赤青白のサインポールが店先でくるくる回る。集合住宅の向こう、遠く屹立するのは、ボウリングのピンを象った巨大なオブジェだ。交差点の先はアーケード商店街につづいている。道路上にかぶさる全蓋式の日覆いの正面に「西荻《ニシオギ》南口　仲通街」と書かれた看板がある。

巨大な店の内部にでっちあげられたジオラマの街。ハービーたちには縁のない世界だが、それでも郷愁《ノスタルジー》を感じた。かねてからストリートの街頭幻灯《タウン・ヴィジョン》で、ヤスジロウ・オヅの著作権ぎれ映像断片《フッテージ》に慣れ親しんできたせいかもしれない。

偉大なる歴史の始まりの店は、交差点脇の魚屋の隣に立っている。雨よけの赤い庇《ひさし》テントに、店の名前がでかでかと書かれている。

日本一安い百貨の王様　我楽多《がらくた》市場

大型ディスカウントストア『サンチョ・パンサ』の前身として知られる、コモミ・ワタナベの最初の店だ。屋外に置かれたワゴンやビニールシートに、中古品とも盗品ともゴミとも区別のつかぬ商品群が奔放に陳列されている。サンダル、自転車空気入れ、ミリタリーシャツ、カーシート、茶碗、用途不明のホース。黄色い板に四本足の立て看板が、隣の魚屋の敷地に半分以上はみ出しながら、店先で目玉商品を宣伝する。

アッと驚く安さ!!
ライター　¥40
ボールペン　¥10
乾電池 握り放題　¥50
本日の奉仕品
メリケンサック　¥９８０
特殊警棒　¥１４８０

「どう思う……」とハービーは相棒に訊ねた。

「とにかく安い」とセロニアスは答えた。

「天国に来た気分はどうかって訊いてる」

「天国でもお金って大事なのねって感じ……」

ハービーは店のなかを指さした。生ける地図《ホログラム・マッピング》が示す点滅信号は目と鼻の先だ。

「幽霊」とセロニアスは言った。

「あるいは生ける死者《リビングデッド》」とハービーは言った。

「歴史の証人」

「究極のワンマン社長」

伝説に会いに来た。店の入口に扉はなく、代わりに暖簾《のれん》が掛かっている。店名やロゴの代わりに「店内GO!!」という熱いメッセージが記されている。くぐると、天井まで積み上げられたダンボールが二人を出迎えた。

手狭な店内に倉庫《バックヤード》の概念は存在しない。商品はすべて店頭に『凝縮陳列』されている。単に箱を積み上げるだけでは中身がわからなくて困る。そこで店主はダンボールに小窓を開け、その一つ一つに情熱的な商品説明を手書きしたPOPを貼付した――『POP爆撃』だ。後のサンチョ・パンサへとつづく独自のディスプレイ手法が、すでに確立されていた。それらは元々、僅か十八坪の店面積をフル活用するための苦肉の策、逆転の発想で考案されたものなのだ。

レジカウンターは迷路のような店の一番奥に設置されていた。たどり着いたとき、生ける地図《ホログラム・マッピング》に示されたハービーたちの現在地が、社員証《ID》の赤い点滅信号とついに重なった。

そこに一匹のペンギンがいた。

金色に逆立つ超《スーパーサイヤ》野人の眉毛をたたえた、テンガロンハットのイワトビペンギンが、社員証入りのストラップケースを首からぶら下げて、カウンターの中に座っている。

「いらっしゃいませ」

ペンギンはカウンター前の二脚のスツールを翼《フリッパー》で示し、着座を勧めた。

ハービーは応じず、立ったまま訊ねた。「ワタナベ＝サン……」

彼女は静かにうなずいた。「正確を期するなら」とつづけた。「本人再現の模擬人格《アルターエゴ》、やけどね」

「人工知能《AI》搭載のペンギン型ロボット……」

「そうです。だから管理者権限《アドミン》の行使範囲も限定されてます。せいぜい、件の鍵盤の先っちょあたりが関の山よ」

「鋼鉄店員《メタルクラーク》の撤退はあんたの差し金か」とハービーは言った。

「なるほど、守護天使ってわけだ」

「やん、おだてんといてよ」

ペンギンは前のめりになってテーブルに上半身を乗せ、肢をぱたぱたさせながらセロニアスをぺちっと叩いた。いてえな何すんだ、と貪鬼《パンサー》が抗議する。堪忍したって、うち生まれも育ちもオオサカやから、とペンギンが弁明する。彼女によれば、日本のカンサイ・エリアではこれがスタンダードなノリだという。

「なんか調子狂うな」とセロニアスが所感を述べた。

「ごめんね、久しぶりやでうちもテンション上がってるの」と彼女は言った。「だって君たち、うちにとっては二十五年ぶりのお客さんやもん。ちょっとくらい付き合ってくれても罰当たらんと思う！」

「それもそうやな」とセロニアスは言った。

「ノリが伝染《うつ》ってんで……」とハービーはセロニアスに耳打ちした。

ホントじゃん、というような顔。それから「Ｙｏ、こう見えて俺ら、時間がねえのよ」と彼は気を取り直してペンギンに告げた。「いいかい。俺らはあんたのメッセージを頼りにここまで来た」

——いつでも満足不思議な店内《ジャングル》の奥深く、ドカンと夢あふれる宝を隠した。探せ。当店のすべてをそこに置いてきた。

「言い換えればこういうことさ。『当店のすべて《お宝》』をいただきにあがりました」

ペンギンの大きな嘴《くちばし》の両端が、くいっと吊り上がる。笑ったように見えた。

「ワタナベ＝サンに訊いておきたい」とハービーは言葉を被せた。「いま世界中で起きてること、あんたは知ってるかい……」

ペンギンの目がハービーをまっすぐ見返した。無言の肯定。

「その原因も……」と重ねて問う。

コモミ・ワタナベは死ぬまでサンチョ・パンサの社長の椅子に座りつづけ、とうとう後継者を選ばなかった。結果、管理者権限《アドミン》は失効し、店《ストア》の暴走が始まった。以後、サンチョは世界のあらゆる都市を呑み込みながら際限なく拡張をつづけている。

「もちろん理解してます」とペンギンが言った。

彼女は、ワタナベの生前の人格を模した模擬人格《アルターエゴ》に過ぎないという。それでも応答には真摯さが感じられた。しかしだからこそ尚更、余計にわからなかった。

「どうして後継者を選ばなかったんだ」

おい、とセロニアスが口を挟んだ。自分の眉間に拳銃をあてる手振りをする。

「時間がないことはわかってるさ」とハービーは言った。「たぶんあんたよりもずっとな」

じっとしているのにもかかわらず、店内の景色が水平に流れていく。両足を強くふんばっていないと、うっかり転倒しちまいそうだ。頭が割れそうに熱かった。

セロニアスから譲り受けた二二口径をペンギンの眉間に向けた。

「何してる」とセロニアスが声を荒らげた。

「理由が知りたい」とハービーは言った。「僕はストリートのゴミ溜めんなかで生まれた。腹いっぱい食うことさえずっと叶わなかった。対するあんたは、たたき上げかもしれないが、少なくとも死ぬまでの三十年、ずっと世界一の大富豪だ。全責任をあんたに押しつけるつもりはない。逆恨みと取ってもらっても結構だ。でもあんたが死の直前、後続にバトンを渡してさえいれば、僕みたいな境遇の人間はずっと減っていたはずなんだ」

「じゃあ、話すね」とペンギンは簡潔に答え、そして静かに語り始めた。


コモミ・ワタナベが最初に社長の座を降りることを思案したのは、二〇一五年十二月、定年退職の適齢期よりも手前の五十七歳のときだ。ワタナベは幼少時から人一倍体が大きく、とびきりの健康優良児で、齢五十を過ぎてもまだまだ肉体は衰えを見せず活力はじゅうぶんだった。それでも己の引き際を人より早く考えたことには、彼女なりの理由があった。サンチョ・パンサが小売企業としてさらなる飛躍を遂げるための計画的細胞死《アポトーシス》、その一環として、自らの勇退は必要不可欠なものと、当時すでに確信していたのだ。

だが誤算が生じた。これまで信頼を置き、我が子同然に思ってきた社員たちが、後継の話が持ち上がると同時に顔色を変えた。

当時、サンチョ・パンサには将来有望な二人の生え抜き社員がいた。一人は一九九二年入社のハジム・タチバナ、もう一人はタチバナにつづいて九三年に入社したヒロ・サカイだ。

ともにサンチョ一号店運営からキャリアをスタートさせた二人は、どちらもめっぽう負けず嫌いで、常にライバル心剝き出しだった。「いまに見ておれ」というサンチョの雑草魂を体現したような二人だった。

ワタナベは彼らを意識的に張り合わせ、大抜擢を行った。一九九五年、新規設立した第一営業本部と第二営業本部の本部長の座を彼らに与えた。以後サンチョは、この一営、二営の激しい切磋琢磨を原動力として急成長を遂げていく。

そしてワタナベが初めて勇退をほのめかした翌年、ヒロ・サカイが失踪する。

当時すでに副社長の座に就いていたハジム・タチバナは、この事件をきっかけにナンバーツーの座を不動のものにした。

「とんだ大物の登場だな」とセロニアスが言う。

タチバナはワタナベの死後、サンチョの実質的な指導者と目されている人物だ。現在も副社長の座を固持し、また最も多くのサンチョ株を保有する筆頭株主でもある。だがその評判は毀誉褒貶《きよほうへん》相半ばしている。「彼はワタナベの尻拭いをさせられている」と同情の声が集まる一方で、買物災《ショッピング・エクスプロージョン》禍長期化の一番の元凶として多くの批判を浴びてもいた。

「タチバナがサカイを殺《や》った……」とセロニアスが訊いた。

彼女は否定しなかった。

「証拠は」

「それがあれば、あの子だっていまの立場にはいられへんよ」

「証拠がなくても」ハービーが追及する。「ワタナベ＝サンは彼を次期社長には選ばなかった」

「この稼業は真っ正直が一番大事よ」と彼女は答えた。「世の中よりも自分のお財布の中身、優先するようではあかんねん」

明言されずともハービーたちは察した。彼女はタチバナの犯行を確信しているのだ。

そしてワタナベは疑惑のナンバーツーに店を明け渡すことなく、ワンマン社長のまま天寿をまっとうした。

ハービーは拳銃をおろした。

でもね、と彼女はつづけた。「実はまだあきらめてへんねん。うちはしつこいからね」

セロニアスが目を見開く。「いまも後継者探しをつづけていると……」

「そうなの。それでいまやっと、素敵な人に出会えたところ」

　ハービーとセロニアスは顔を見合わせた。

「うちな。ちっちゃい頃、探検隊の隊長になりたかったんよ。隊長になって、ジャングルの奥に分け入ってく。目的はただ一つ、密林の奥に眠る伝説の秘宝を見つけ出すこと」

　幼い頃に抱いた憧れの火を絶やさぬまま、ワタナベはこの西荻《ニシオギ》の土地に初めての店をオープンしたのだ。僅か十八坪の店内をジャングルに仕立て上げた。一見、我楽多《がらくた》と見紛う不思議なジャングルだ。お客は探検隊の隊長となって凝縮陳列された商品の森に分け入り、自分だけのお宝を見つけ出す。

「そんなワクワクを思って――」ペンギンは翼でハービーの胸元を指さした。「――そのオモチャ、市場に流しました」

　ライダースからトランスフォーマーのフィギュアが覗いている。一秒でトレーラートラックに変形《トランスフォーム》する、最高にヒップな代物だ。

　驚きを禁じ得なかった。「あんたがこれを……」

「元はうちの私物です」と彼女は答えた。「昔からのファンよ。最初のアニメからハリウッド版実写映画まで、全部リアルタイムで見てたからね」**サ**印の胸を「えへん」と張った。

「拡張素子《プラグインチップ》」とハービーは震える声で言った。「ロボットの中に貼りつけてあったんだ」

　ねえ、とペンギンが呼びかける。穏やかなまなざしをハービーに向けて、「訊いていいかな……それを見つけたとき、どんな気持ちだった……」

「どっちの話をしてる……ロボットのことか、それともチップのことか……」

「順番に教えて……まず、ロボットを見つけたとき」

ハービーは少しのあいだ逡巡した。そして頬を赤らめた。

「すごくドキドキした」とささやかな声で打ち明けた。

ペンギンは柔和な瞳のままうなずいた。「じゃあ——」質問をつづけた。「チップを見つけたときは……」

「めちゃくちゃワクワクした！」今度は前のめりで即答する。「あれは本当に、すごい興奮だった！」

それらは全部本当のことだった。宝を見つけ出し、手に入れることの無類の楽しさ、抗《あらが》いがたい魅力の前では、その日の食事も、未来への投資だって霞んでしまう。

「うちね。途方に暮れるような出来事に遭遇したら、いつも初心に還ることにしてるの。だから決めたの。うちとおんなじで、隠された秘宝にどうしようもなくワクワクしちゃう、ジャングル探検隊の隊長みたいな人に、うちの全部をあげようってね」

「だからあんたは」とハービーは言う。「あんた自身の宝物だったトランスフォーマーのフィギュアに、宝の地図を忍ばせて闇市に流した……」

ペンギンはもう一度、大きな嘴の端っこを吊り上げてみせる。今度ははっきりとわかった。満面の笑みだった。

「おめでとう」と彼女は言った。「うちが持ってる全力全開を、君たちに贈ります」

胸元にさげたストラップケースから社員証《I D》を取り出した。

「このカードは二つの機能を兼ね備えています」と説明する。「一つは君たちももうご存じでしょう、現社長、つまりはうちの社員証《ID》です」

カードを裏返す。イエローの下地にサンペンのイラストが描かれている。隣に丸みを帯びたフォントで文字が書いてある――〝majisca〟

『majisca《マジスカ》カード』!」ペンギン型ロボットはネコ型ロボットみたく高らかに言った。

「サンチョ・パンサ全店で使える電子マネーカードやで!」

「参ったね」セロニアスが感嘆の声をあげた。

ハービーは首をかしげた。「これがワタナベの大秘宝《サンピース》……」

「おそらくワタナベ＝サンの財産全部入り。違うかい……」

「マジすか」とハービーが言う。

「確かめてみる……」

ペンギンの目が悪戯っぽく輝く。コモミ・ワタナベは人を驚かせたり喜ばせたりするのが大好きだった。模擬人格《アルターエゴ》にも忠実に引き継がれている。

「Yo、チェックを頼む」とセロニアスがハービーを促す。

ハービーはようやく交渉のテーブルにつき、店主と目線の高さを合わせた。「よく見せてくれ」

もちろんええよ、とペンギンはmajiscaカードをレジテーブルに載せた。

うあらば、とセロニアスが言った。

謎のうめき声を怪訝に思い、振り返ろうとした矢先、ハービーの目の前でペンギンの翼が、まな板の上のヤクザの小指《エンコ》のようにすとんと切り落とされる。

ペンギンの羽毛が店内に舞った。ハービーはすぐさま席を立ち、飛び退いた。

スツールのすぐ背後に、サムライが気配を殺して立っている。クラシックなブラック・サングラスの奥に本音を隠した殺し屋。着流しの片袖を落として露出した肩口で、桜吹雪が鮮やかに躍る。握りしめる得物は恐ろしい切れ味の単分子日本刀《プログレッシブ・ダンビラ》。赤い血滴るその切っ先が指し示すのは、胴体を真っ二つにかち割られ、彼女の足下に転がる無残なセロニアスの姿だ。

尾《つ》けられていた。

店入口《ファサード》の物陰に潜んで待ち伏せしていたのかもしれない。当初の計画は拡張素子《プラグインチップ》の強奪だった。だが途中で計画を変更した。以後はチップ保持者を泳がせ、監視をつづけてきた。

追っ手はセロニアスの切断面からはみ出た赤黒いものを見つめながら、淫靡な長い舌で唇を舐めた。落ち着き払ってカウンターテーブルの上に残されたｍａｊｉｓｃａカードを取り上げ、着流しの袖の内に仕舞う。

いまならば彼女の素性にも見当がつく――ワタナベの後釜と秘宝を狙う、闇の店関係者《スタッフX》によって放たれた刺客だ。熊谷のＶＩＰルームでかち合ったときから、目的はたった一つだけだった。

ハービー、と声がした。「動揺するな」

上半身だけの密林崩《ジャングル・スウィング》しが、涙袋通信端末《ティアバグ》経由で頭ん中に直接話しかけてくる。

「お前はいま、大人同士の取引《ビズ》の場にいるんだ」

血に餓えた日本刀《ダンビラ》が、ハービーの生き血を啜るべく揺れた。そのとき――

「お買い上げありがとうございます！」

テンガロンハットのペンギンが、何の脈絡もなく商業的呪文《ビジネス・ワード》を繰り出した。驚いたサムライの刀さばきが鈍った。斬撃はステップバックするハービーのドレッド・ロックをいくらか切り取りながら空を切る。レジカウンター横の壁に背中がひっついた。レジ液晶が覗いた。

ｼｮｳﾋﾝﾒｲ：ﾄｸｼｭｹｲﾎﾞｳ
ｷﾝｶﾞｸ：¥1,480

腹をかち割られながらもオンラインで店内武器を購入したセロニアスが、

「袋は要りません」と叫んだ。「そのままよこせ！」

セロニアスの意図を汲んだペンギンがフッとニヒルに笑い、

「毎度おおきに！」

レジ奥の棚に凝縮陳列された特殊警棒の在庫《ストック》に残された片翼を伸ばし、一本つかんでぶん投げた。現在、サムライの立ち位置は店主と客を結ぶ直線上にある。必然、お客様《セロニアス》への商品の譲渡は、図らずも他の店内客に牙を剝く凶器と化す――

――サムライは上半身を仰《の》け反らせ、辛うじてこれを回避する。

後方のセロニアスが飛来したブツを片手でキャッチする。伝説の貪鬼《パンサー》の名に恥じぬすさまじい動体視力。

間髪容れず再度、敵に向かって投げつけた。

サムライの後頭部にクリーンヒットする。サングラスが吹き飛んで壁際のお値打ち品ワゴンの中に落っこち、一重まぶたの女の吊り目が露わになる。

だが倒れない。下半身を失ったいまのセロニアスでは、致命傷は与えられない。

サムライは初めて表情《カオ》に苛立ちを滲ませた。死に体のセロニアスに向かってポン刀を振り上げ

——

——直後、硬直する。


「エイヨー」

ハービーは二二口径M1977サトナカの銃口《マズル》を、サムライのこめかみに食い込ませる。精一杯虚勢を張って、『俺はお前より圧倒的に格上』と覇気を迸らせながら、

「ハジム・タチバナは健在かい……」

後継者争いの大物、サンチョ・パンサの副社長の名は、彼女をはっきりと動揺させる。女は変わらず無言を決め込んでいたが、体がぴくりと反応し、銃身を通して伝わった。そしてなりふり構わず再び刀を振り上げた。甘っちょろいガキが撃《ぶ》っ放せるはずない、と高をくくったのだ。

ハービー、とセロニアスが叫んだ。

——万策尽きた後の自殺用……

——良くて自爆テロ。自分《てめえ》の命、投げ出したって構わねえって局面がもしもお前を訪れたら、

その時は――

「撃て」か、「撃つな」か。いまのあんたの気持ちはどっちだ、お人好し《ガラブル》。

「――見せてやるよ」

僕の心はこっちだ。

「〝心意気〟ってやつを」

引き金を引いた。閃光《マズル・フラッシュ》が迸る。〝小さな巨人《ミニオンゴッド》〟の正体は、スチール製ケースレス弾を電磁加速でぶっ放す電磁加速銃《レールガン》だ。チャージショットがサムライの頭部を首根っこから根こそぎ吹き飛ばし、一瞬にしてこの地上から永遠に消し去った。

同時に反動《リコイル》がハービーを襲った。超パワフルなエンジンを積んだ超重量級改造車《ホットロッド》に正面衝突されたかのような衝撃が走り、体が粉々に砕け散る。

命《ビ》の取引《ズ》の終わりを見届けたセロニアスの顔の上で、柵状眼鏡《シャッターシェード》がずり落ちる。露わになった無邪気な瞳は、もの哀しい光を湛えている。それを見てハービーは、自分が汚い大人の仲間入りを果たしたことを自覚した。

セロニアスを抱き起こそうとして、そこでようやく気づく――僕は僕の両腕をどこに置き忘れてきた……

続けざま、操り手を失った傀儡《くぐつ》のようにくずおれてセロニアスの隣に倒れ込んだ。いまさら理解が追いつく。小さな巨人《ミニオンゴッド》は協力の対価として、ハービーの二本の腕まで持ち去ったのだと。

身体の著しい損傷だけでなく、ここに来てストレージの逼迫もまたハービーを、いよいよ死地へと追い立てようとしていた。神経回路はショート寸前、全身が灼熱する太陽になったよう、一命を取りとめる奇跡に二度目はなさそうだ。

すまない。

いいさ、とかよわい声が答えた。密林崩《ジャングル・スウィング》しの大きな手がハービーの頭を撫でる。

どうやらこの店が、二人の棺桶になる。

直接に捉えた蛍光灯の灯りが眩しくて痛かった。アーク放電音がやけにうるさく耳を刺す。

人影が眩しさを遮った。コモミ・ワタナベの模擬人格《アルターエゴ》がレジテーブルの上に立ち、ハービーたちを見下ろしている。

「うちの取引、最後まで終わらせちゃうね」と彼女は言った。

「何の取引だっけ……」、「今さら遅い」、「そんなことより僕たちを助けてくれ」――口元がわななくだけでお喋りもままならないハービーの返答を待たず、片羽のペンギンは再びレジ操作を開始した。バーコードリーダーが彼女自身に向かって赤い光を照射する。

「ねえ二人とも」遺された家族を案じる人間の親の顔をして、「お店のこと、頼んだよ」コモミ・ワタナベはハービーたちに手を振った。「ほなね！」

ペンギンが変形《トランスフォーム》する。二本の肢が胴体の内部にひっこむ。片方だけ残った翼が折りたたまれ、胴体内側に格納される。最後に頭部が独楽《こま》回しの独楽のように激しく回転しながら胴体内部に吸い込まれる。

機械仕掛けのイワトビペンギンは、なめらかな一つの球体になる。

球体に刻まれた〝サ〟の横棒の上に、バーコードが浮かび上がった。バーコードリーダーの光がそれを読み取り、ピッと音をたてた。一九七八年当時の流通モデルを忠実に再現したレトロデザインのレジ液晶に、文字が表示される。

ｼｮｳﾋﾝﾒｲ：ｼｬﾁｮｳｹﾝｹﾞﾝｲｼﾞｮｳ
ｷﾝｶﾞｸ：糸糸糸糸糸糸糸糸 糸糸糸糸糸糸糸糸糸糸糸糸糸糸く゛糸糸糸糸糸糸糸

金額の表示がバグっているのは、レジシステムが表示可能な桁数を遥かに超えた額面が読み込まれたためだろう。マシンに併設された電子カードリーダーの表面で、青色の光が窓から差し込むオレンジの日射しと混ざり合ってエンジに滲んでいる。西荻《ニシオギ》の街に夕陽が沈もうとしていた。恐らく現実の時間の流れと同期しているのだろう。

ハービー自身の落日もまた目と鼻の先にある。縫い合わされた頭蓋をいま一度開いて中を覗けば、電脳は夕陽と同じ色に染まっているに違いない。

もう二度と立ち上がれないと思った。もう一歩も動けないと思った。だが――セロニアスを見た。目を閉じており意識ももうない。それでも口元には、いかにも愉しそうな笑みが浮かんでいた。ここが僕たちの冒険の終着地点だなんて、微塵も思ってなどいないかのように。

だからそんな相棒《バディ》の生き様と魂を背負い、ハービーはもう一度立ち上がった。誰の手も借りず自らの腕さえも用いず、ロバのように痩せた二本の生身の足だけで、超安の聖なる舞台を強く踏みしめた。はらわたに僅かに残った、根性《ガッツ》ってやつの最後のひとかたまりをほじくり出し、一歩、また一歩と時間をかけて歩みを進める。とうとう目当てのカウンターテーブルに至り着くと、パン食い競走よろしく、そこに置かれたｍａｊｉｓｃａカードを器用にくわえ、そのままレジへと移動する。カードリーダーにタッチした。

マジっすか！

とレジに潜む電子の妖精が朗らかに声を上げ、ＩＣカード決済の完了を伝えた。

すぐさま紙のレシートが印字される。記載されているのは、いまこの瞬間限りの超限定《スペシャル・リミテッド・エディション》品となる無形商品《プロダクトZ》『社長権限』の品名と、紙幅二・三インチのレシート用紙上で計七度もの折り返しを見せる超長大なゼロの羅列だ。

その両方、つまりは当店のすべてが、ハービーの物となる。

超重くて広告だらけのお百度を立ち上げる。サンチョ・パンサのオフィシャルサイトにアクセスし、網膜認証《レティナ・スキャン》でログインした。

失われた管理者権限《アドミン》が再発効され、サンチョ・パンサ全店の自生品《プロダクトX》生産状況が即座に、かつ完全にハービーの制御下に置かれる。

生ける地図《ホログラム・マッピング》を展開して、最新データを確認する。視界に折り重なって投影された拡張現実は、あたかも静物画のようだ。ＴＥＲＡサンチョはついに成長を止め、長い眠りについたのだ。

「セロニアス」ハービーは親愛なる隣人に呼びかけた。「聞こえるか……僕たちはまだ、生きのばせる」

7

ハービーは霧雨に煙るTERAサンチョを背に、ノースビーチウッド・ドライブの濡れた路上に立った。二体の鋼鉄店員《メタルクラーク》が、青龍刀を手放して自由になった八本の腕にセロニアスの上半身と下半身をそれぞれ抱えて巨大建造物《メガロストラクチャー》の店入口《ファサード》をくぐり、彼の後ろをついてきた。

二人組のGPSを探知したカマロがすぐに駆けつけた。反抗期を過ぎた二体の鋼鉄機械が、タコ足を振って車を見送った。

「ごきげんよう。撮影お疲れ様です」と冗談好きの車載AIが言った。「おや、私の所有者《オーナー》、無残に分裂してますね。それにハービー、あなたはさながらミロのヴィーナスのよう。スタント失敗ですか」

「撮影は滞りなく済んだよ、マギー。いまからクランクアップが待ち遠しい。最寄りの病院まで大急ぎでよろしく」

「試写会にはぜひ私も呼んでくださいね。あわよくばドライブインシアターでの上映を希望します。それでは出発進行」

十五分後、シダーズ＝サイナイ・メディカル・センターの救命救急室がハービーたちを受け入れた。

手術《オペ》は腕利きの医師たちによってスピーディーに執り行われ、僅か二時間後にはもう、義体がハービーの欠損を埋めて元の腕に成り代わっていた。

前腕に格納可能なブレードを搭載するもよし、周囲を威圧する馬鹿デカい象腕《エレファントアーム》に取り替えるもよし——選択肢は無数にあったが、いかんせん迷っていられる時間も余裕もまるでなく、結局ハービーはオリジナルに近いフォルムの義腕を選んだ。見てくれはそっくりでもどこか他人じみてよそよそしい、クロム合金と人工筋肉で構成された新品の腕をぶらさげて、メディカル・センターの屋上へ出てゆくと、街に夜が降りている。ハービーは今宵もネオン煌めく夜の街《ナイトシティ》の一員となった。

屋上の金網《フェンス》の向こう、雑多な企業広告ネオンの瞬きが織りなす地上の星座の群れがふいに、ふっとかき消えた。天から降ってきた巨大な生白い太股が、ハービーの視界を埋め尽くしたのだ。拡張現実眼《アイウエー》の倍率を下げると、ホログラムの巨人のバストアップが現れた。青い目をした往年の名女優アイシャ・モントーヤの偶像が、グレイシー・アレン・ドライブを横断する。

アイシャの全容が、数度の明滅を経て巨大なイワトビペンギンに変形《トランスフォーム》した。

イワトビペンギンはハービーににっこりと微笑《ほほえ》みかけると、ピンボールマシンのキャビネットで躍る無数の銅鉄球となって弾け飛んだ。

あとには水かきつきの偉大なる足跡《ジャイアントステップ》が青白い燐光の尾を引き、追ってこちらも夜に染み込んだ。

彼女は去り、星座に満たされた都市のパノラマが再び広がった。

そしてハービーは見たのだ。ノースビーチウッドの道の先、夜闇に包まれたサンタモニカ丘陵リー山の山腹に掲げられた、この街の古く、新しいサインを。

HOLLYWOOD

先刻、ハービーは管理者権限《アドミン》において店舗に命令を出した。曰く、「凝縮陳列を極限まで徹底し、店を畳め」

すなわち、凝縮陳列を超えるTERA凝縮陳列の実施に基づいた店舗の縮小。店《ストア》に蝕まれた都市の解放による、がん寛解の試み。当該命令に則した自生品《プロダクトX》たちによる店じまい作戦の帰結として、栄光のハリウッドサインは復活した。

ハービーが初めて目にする九文字のパネルは、ネオンの眩しさを朧に投影するか弱い幻影のようだ。

ハリウッドはかつて夢が現実に取って代わる街だった。

凝縮陳列された虚栄心とジャンクの底にはいまも栄華が眠り、掘り起こされるのを待っている。金を手に入れたいまならわかる。宝物の醍醐味は所有することではなく、それを掘り当てた瞬間にこそあるのだ。ハービーもいつか、託されたものをそっと都市に隠すだろう。そいつをまた他の誰かが掘出《ディグ》する。人の夢はつづく。たとえペンギンがこの街を去っても。

背後で院内と屋上を繋ぐ鉄扉が開いた。

「Yo、初めての本格的な義体化の感想は……」と新たな来客が訊ねた。

「案外どうってことなかったよ」とハービーは答えた。「わかったことが一つだけある。どれだけ体を作り変えたところで、つまるところ僕は僕自身でしかないんだ」つづけて来客に訊いた。

「もう起きても平気なのかい……」

セロニアスはぎこちない、ゆっくりとした足取りでハービーのそばに歩み寄る。馬の脚を彷彿とさせるしなやかな駆動装置《アクチュエーター》が、元の下半身の代役を務めている。

「お前にどうしても一言伝えたくてな」と彼は言った。「ハービー。お前の生きのばしに心からの感謝を」

「よしてくれ」とハービーは苦笑する。「あんた、前に言ってなかったか……『他人に簡単に心を開くんじゃねえ』とかなんとか」

「言ったっけ……覚えてねえ」二インチの距離で肩を並べた。「だがいずれにせよ俺らはもう、ただの友達《バディ》には戻れねえ。ちがうかい……」

ハービーは何と答えるべきかしばし逡巡する。そして「もし仮にそうだとして」と言う。「あんたならこの新しい関係を何にたとえる……」

「強いて言うなら――」

無邪気な少年のような目元を飾る、馬の毛並みの美しい睫毛が、夜の街《ナイトシティ》のネオンを吸って燃え上がる。男は自信満々に言い放った。

「――ドン・キホーテとサンチョ・パンサ」

ハービーは思わず噴き出した。「驢馬役《ロシナンテ》はお喋りな冗談好きの車……」

「世界を救う大活劇さ」

遍歴の貪鬼《パンサー》の二の腕に、ぽすっとクロムのグーパンを入れた。

せっかく冷却状態に入った電脳が、また熱を持ち始めていた。

「あんたのせいだ」とハービーは言った。


（参考文献）

安田隆夫『安売り王一代 私の「ドン・キホーテ」人生』文藝春秋（2015）

ドストピア

例えば、あんた方は、人間に古い習慣を棄てさせ、科学と良識にしたがって意志を矯正しようとしている。しかし人間をそのように改造することは、可能なばかりか必要でもあるなどと、どうしてわかるのか？

——ドストエフスキー『地下室の手記』
（安岡治子訳、光文社古典新訳文庫）

濡れタオルでしばかれるとクソ痛い。

稲刈りのすんだ田んぼがバトルフィールドだった。相まみえる両者はともにふんどし一丁の姿だ。観客たちは輪になり、対戦者を取り囲んで決戦の行方を見守っている。

糸瀬が繰り出す連撃が坂田の全身をしたたかに撃つ。筋骨隆々の裸体にみるみる赤い斑《まだら》模様が浮かび上がる。明日には体じゅうミミズ腫れだろう。それでも坂田は静かな目をしたまま、不敵に笑った。

「それ、本気か？」と坂田は言った。

坂田の気迫に呑まれぬよう、糸瀬は濡れタオルを握る右手にひときわ力を込めた。敵の肉を撃つうちに熱くなった水がじゅっと音をたてて沁みだし、腕を伝って肘から滴り落ちる。ここで終わらせる、と独りごちた。濡れタオルを高く振りかざし、片足跳びしながら、

「ポン拳《けん》！」

と叫んだ。糸瀬が最も得意とする固有タオル技の一つだった。

組長の原磯は、田んぼにおける玉座たるコンバインの運転席に腰掛けてなりゆきを窺っていた。

「ポン拳。破壊力は抜群だが生じる隙もまた大きい。勝負あったな」

「そのようですわね」と、傍らに立つ妻のマキ子が同意して、ヤンマーYH893のトリコロールの金属ボディをそっと撫でた。

糸瀬の濡れタオルが脳天に振り下ろされる直前、坂田の上腕二頭筋が瞬時に盛り上がった。依然として静かな、どころか裏で何か計算を立てているような冷徹な光を宿した目のまま、坂田の腕が鞭のようにしなり、肘から下がふっと消えた。

スパン。小気味いい音が田畑《でんぱた》じゅうに轟きわたる。カウンターだ。坂田の得物《タオル》が糸瀬の側頭部にクリーンヒットする瞬間を視認できたのは、組長原磯を含めたごく少数の手練《てだ》れだけだ。

全長二メートルを誇る糸瀬という名の巨艦が、青い稲が生え出したばかりの田んぼの海に轟沈した。

マキ子がぱんぱんと手を二度打ち、「仏さんもしかと見届けはった！」と叫んだ。決着時の規定の文句だった。

観客の有志が意識のとんだ糸瀬を担架に乗せ、十人がかりで場外に運び出す。

公式ルールに則《のっと》り、三分間のインターバルが設けられる。

「兄貴、お疲れさんです」

坂田の舎弟でセコンドの加藤が、勝者に駆け寄る。手に持ったペットボトルのふたを開けると、シュワッと爽やかな音がした。両足をがに股に開き、頭を下げて坂田に飲み物を差し出した。坂田はスポドリで喉を潤した。そして水をためたバケツにタオルを浸して次の試合に備えた。

『タオリング』――水を含んだタオルの凶器性を競技に持ち込んだ過酷な対戦スポーツである。かつて原磯組はタオリング興行で滋賀の片田舎から全国へと打って出て大成功を収めた。毎年一月四日、五日開催の『ITGP《インターナショナルタオリンググランプリ》』と真夏の祭典『T1 CLIMAX《ティーワン クライマックス》』が興行の二大看板だった。だが二二二九年、『壁疫《へきえき》』の感染拡大による宇宙的パンデミック以降、趨勢が変わった。ヤクザ運営の暴力興行に対する排斥の機運が高まったのだ。偏《かたよ》った正義感やヤクザへの憎悪から私的に取り締まりを行う一般市民の過激派集団、通称『カタギ警察』が台頭した。翌年、ヤクザ組織弾圧合法化を認可する『暴力団根絶法案』、通称『暴コン法案』が可決されると、彼らはますます力を強めた。原磯組は地球上に居場所を失った。マキ子姐さんが非常時に備えて購入していた場末のスペースコロニー『すえ』へと落ち延びた。そして家を建て、原野を開墾し、文明から遠く離れた『末町《すえまち》』を築いた。

　町はずれの田畑はおよそ四キロにわたって延び、その先に標高三百メートルの小山『天山《てんざん》』がそびえる。山頂には不動明王や釈迦如来など計十三体の磨崖仏《まがいぶつ》が鎮座する。かつて原磯組組長・原磯三郎が、岩肌を濡れタオル一本で削りとるミニマリストスタイルで彫ったものだ。以来、天山は別名『十三仏《じゅうさんぶつ》』と呼ばれている。信心深い末町の老若男女は、いまも足繁く参拝に訪れる。

「親分」と坂田は顔も向けずに原磯に呼びかけた。「俺らぁ、いつまでこないなこと続けりゃええんですかね？」

いつも通り、だんまりを決め込み何も言わない原磯に代わり、

「ええことやないの。平和で」と姐さんが答えた。

坂田はそれ以上追及しなかった。戦いに必要な水分を十全に補給した濡れタオルを、バケツのなかから引っ張り上げる。そいつをしならせて自分の背中をスパンとしばき、気合いを入れ直した。

身長一七七センチ、体重一一〇キロ、タオラーにしては小柄な体型だ。ポマードでスタイリングしたパンチパーマは、激しい試合の後でもまったく崩れていない。背中には虎が棲みついている。京都木屋町の彫り師の仕事だ。まだ地球に事務所があった頃のことだ。あれから長い年月が経ったが、未だに色は入っていない。

輪郭だけの刺青を「すじぼり」と言う。ヤクザの世界では半人前の証《あかし》だ。坂田はいまや組の若頭だったが、同僚や舎弟の再三のすすめにもかかわらず、頑なに色を入れようとはしなかった。過去の栄光たるタオリングに身内で興じる呑気な日常に懐疑を覚えていた。バイオレンス感ゼロの現状に危機感を抱いていた。こうした状況が変わらぬうちは、極道としての俺はいつまでも半人前だと、坂田は考えていた。

タオルでしばかれたすじぼりの虎が、静かに泣いている。

ヤクザたちの終わらない夏休みを引き裂いたのはオイル不足のエンジンの異音だった。

マシンはごろごろ、がらがらと不快な音を響かせながら末町上空に現れた。ピンク色のコロニ

ー間航行用フィアット5000だ。逆噴射により砂塵が舞い上がる。宙車《ちゅうしゃ》は住宅地と田んぼのあいだを横切る畦道《あぜみち》に着陸した。この日も原磯組の組員たちは田んぼでタオリングに興じていた。突然の来訪者に一同はざわついた。

フィアットのドアが開き、中年男女の二人組が降りてきた。見た目がヤバい。ショッキングピンクの全身ラバースーツで揃えたペアルックコーデ。男のヘアスタイルはアフロで、腰にウエストポーチを巻いている。女はバラをあしらったバケットハットをかぶっている。もちろんピンク。これがトータルコーディネートなのか？

「すみません、エンジンがイカレちゃったみたいで」と男が言った。「やあ。お相撲ですか」

「あはははは〜！」と女は何が楽しいんだか、夜に啼《な》く鳥のような甲高い笑い声をあげた。片目を閉じ、もう片方の目で親指と人差し指で作った輪っかを覗きながら、何度もウインクした。

網膜に埋め込まれた生体カメラで写真を撮っている。

セコンド加藤がこれに嚙みついた。「切り込み隊長の俺っちががつんと言ってやんよ！」

詰め寄ろうとした加藤を坂田が止めた。

「俺がいこう」

坂田が着た真っ黒なベロア生地のスウェットの背中には、骨をくわえたドヤ顔の犬がでかでかと刺繡されている。二百年続くアパレルブランドの超老舗ガルフィーのスウェットセットだ。ダサカッコいかついガルフィーのアイテムは若頭のトレードマークだった。パンチパーマとの相性は抜群だ。

坂田は切れ長の目を半月型に歪めて、二人組にニカッと笑いかけた。

「こんにちは。どうもお気の毒さまです」と言った。「近所に知り合いの宙車整備士が住んでますんで、よかったら紹介しましょうか？」

「それはどうもご親切に。いや、かたじけない」と男は言った。

加藤、と坂田は呼びかけた。「お二人を松居んところの工場《こうば》に案内して差し上げろ」

加藤は口元をへの字にひん曲げながらしぶしぶ命令に従った。ピンクスーツの男女があとにつづく。

坂田の傍らを横切るとき、男がニコッと微笑んだ。

「素敵なヘアスタイルですね」

目は笑っていなかった。

「あはははは〜！」と女が甲高い笑い声をあげた。

加藤が坂田と女のあいだに割って入り、ものすごい目で女を睨《ね》めつけた。

「写真、やめてもらってええですか」

女は坂田の顔に向かって何度もウインクのシャッターを切っていた。ウインクを中断させられたあとも笑いつづけた。目が死んでいる。

「妻がとんだ失礼を。申し訳ありません」と男はニコニコしたまま謝罪した。

いえ、と坂田は言葉少なに応じ、一応言っておきますが、とつづけた。「この髪は天然です」

『暴コン法案』成立以降、パンチパーマは「ヤクザか、ヤクザ以外か」を見極めるための重要ポイントと見做《みな》されてきた。一説によれば、かつて江戸幕府が隠れキリシタンに踏み絵を踏ませたように、隠れヤクザにパンチパーマを自ら剃らせる陰湿なカタギ警察もいるというから恐ろしい。さらに、科せられる刑罰の重さが当世におけるヤクザ弾圧の壮絶さをよりいっそう如実に表していた。猿真似をやらかしただけでも、懲役刑は免れない。仮に本物のヤクザだった場合、処せられる刑は現代の極刑『宙流《そらなが》し』だ。制御不能の宇宙服に押し込められ、宙港《ちゅうこう》から漆黒の宇宙へと射出されるこの刑罰は、百年以上前に廃止された死刑制度の再来と言われている。

「重ねて申し訳ありません」と男は慇懃《いんぎん》に謝罪を繰り返した。「決して疑っているわけじゃないんです。誤解させてしまったならごめんなさい！　いやほんと、わかってますってば。いくらヤクザは馬鹿ばかりと申しましても、さすがにこのご時世にパンチパーマあてるような愚か者はいやしませんでしょう。だってヤクザが名札つけて歩いているようなもんだ。ありえないですよねえ？」

坂田は、いまにもドスを握って突っ込みそうな加藤の肩をつかんでいさめた。そして計算を巡らせた。二人組はカタギ警察の可能性がある。至急、親分に報告が必要だ。

ピンクスーツの夫婦は名を林家穂高《はやしやほだか》・日菜《ひな》と言った。夫妻のフィアットは工場に預けられた。末町の自称整備士はメルカリ星間便やウチュー！オークションを駆使し、あらゆるコロニーからジャンク品を取り寄せている。修理し、悪魔合体させてキメラ車を仕上げる。そういうことに無類の喜びを覚える男だった。要するに修理や整備は趣味、大人のプラモデル遊びであり、プロの整備士というわけでは全然ない。本性は原磯組の末端構成員であり、それでいうと末町の全住人がそうなのだ。人口百人の小さな町は、住人全員がヤクザだった。

　突然の来訪者を迎え、末町全体に不信感と警戒心が広がっていた。だが脅したり、しばき回したり、コンクリ抱かして湖に沈めたり、ケツの穴から腕ぇ突っ込んで奥歯ガタガタいわしたるというわけにはいかない。なぜならもうそんな時代じゃないのだ……。コロニー間旅行者を脅せばカタギ警察が目ざとく見咎め、銀河マル暴にチクるだろう。殺《バラ》せば必ずカタギ警察が嗅ぎつけ、やはり銀河マル暴にチクるだろう。ヤクザ全盛期でさえ「マル暴の方がワンチャン怖い」と言われていた。ヤクザが敵じゃなくなったいまでは「オバケより怖い」と言われる。

　悪名高き『暴コン法案』が成立したとき、国内最大勢力を誇る戸隈組《こぐまぐみ》の呼びかけに呼応した全国の暴力団組員が国会議事堂前に大集結した。「自由と多様性《ダイバーシティ》のためのヤクザ緊急行動」をスローガンに、「暴コン法案絶対反対！」と熱く叫んだがダメだった。「私たちはポリコレのためなら殺しも辞さない」と言い切るまでに過激化したカタギ警察は、通報しまくり、フェイクニュース流しまくり、署名運動やりまくりだった。先制的正当防衛と称し、寄ってたかってヤクザデモ隊に石を投げつけたので、ときどき死人が出た。だが警察や公権力は暴コン法案を理由にこれを黙認した。いまやヤクザは最弱ジョブへと転落した。百人の町に対して来客はたった二人とはいえ、敵意を向けられればワンパンでいかれる。無事に車の整備を終えてお帰りいただくまで、一瞬たりとも気を抜くことはできない。

　林家夫妻は車を松居の工場に預けたあと、町内唯一の旅館『ふるさと』にチェックインした。

町内の散策を行い、写真を撮りまくった。翌日、松居が宿を訪れて修理の完了を伝えたが、彼らは帰る素振りを見せなかった。面会に赴いた坂田に林家穂高は微笑《ほほえ》みかけ、「この町が気に入ってしまいましたよ」と言った。すでにむこう三ヶ月ぶんの宿泊費を前払いで収めた後だった。あははははは〜！　と金切り声で爆笑する日菜の鼻の下には白い粉が付着しており、コカインを吸引したばかりであることが容易にうかがい知れた。コカインはとっくに合法化されていた。ヤクザのシノギを邪魔だてするためならヤクの合法化さえも断行する、それが現政権のやり方だった。

日々が流れた。

仮宿暮らしの林家夫妻はご近所づきあいも良好で、自治体活動にも積極的な参加姿勢を見せた。日中、湖のまわりのゴミ拾い運動に参加し、家庭用掃除ロボットを持ち出して野に放つ、都会的に洗練された清掃の裏ワザを披露する。夜には夜警の一員となって「火の用心！」と声をあげ、拍子木《ひょうしぎ》を叩きながら町を練り歩く。末町スローライフを本格的に満喫すべく、不動産屋に相談をして戸建て物件購入の算段を立て始めていた。

片や住人たちはフラストレーションを溜め込んでいた。理由は二ヶ月ものあいだタオリングの試合が行われていないことだ。林家夫妻がやってきたあの日以来、ずっとお預けを食らっている。場末のド田舎コロニー『すえ』は牧歌的な桃源郷だ。気候は温暖、地球から運ばれてきた野生動物たちはゆうゆう繁殖し、農作物に恵まれ、食うにはまず事欠かない。だがいかんせん娯楽は極端に少ない。時折公民館で突発開催される乱交パーティーを除けば、タオリング観戦だけが住人たちの唯一の愉しみだった。タオリングのない日々がどれだけ辛いものか、彼らは初めて痛感していた。禁断症状を発症する者が現れたとて、無理からぬ話だ。

「畜生、タオリングが見てえよう」

とセコンド加藤がヒステリックに叫ぶのを、林家穂高は目ざとく発見した。

「ほお、タオリングですか」

加藤はその日のうちに左の小指を詰めて兄貴分に詫びた。

夕方に林家夫妻がスナックでしっぽり飲んでいるのを捕まえた坂田は、

「『畜生、イカリング嚙みてえよう』の聞き間違いやないですか」

とごまかしを試みたが、穂高はこれを一笑に付した。林家日菜はカメラに収めた「畜生、タオリングが見てえよう」の証拠切り抜き動画をスナックのカラオケ用モニターに投影し、あはははは〜！　と笑い声をあげた。そしてバーカウンターで人目も憚《はばか》らずコカインを吸引した。

「これ以上隠し通さはんのんはどだい無理ゲーどすわ」

と元は祇園で舞妓さんをやっていたスナックのママが、坂田の耳元で囁いた。

「だってタオリングなんてねえ。コロニーの外じゃもう、だあれもやってはらへんでしょう？」

「この際だ、お互い腹割って話しましょうよ」

と林家穂高は坂田に訴えた。どうやら酔っている。瞳を潤ませ、熱っぽい口調で穂高はつづけた。

「自分で言うのもなんですがね。あたしらはご近所さんともうまくやってるし、あんたともこうして酒を酌《く》み交わす仲だ。だから勇気出して言いますよ。いいじゃありませんか、タオリング好きでも。あのね、あたしゃあね――」

――たとえあんた方がヤクザもんでも、この友情が揺らぐことはないと、いまではそう思っとるんですよ。

グラスに添えた坂田の大きな手を、林家穂高の温かな手のひらが包み込んだ。

坂田は二人の舎弟を引き連れ、林家夫婦を案内して天山に登った。山頂に着くと、林家穂高が感嘆の声をあげた。

「見事な磨崖仏ですね」

「『十三仏』と呼ばれとります」と坂田は答えた。「でもほんまは、十二体しかおらんのですわ」

坂田が目配せすると、舎弟の加藤が進み出て、左端の不動明王像の胸部に軽く触れた。たちまち空間にチリチリとノイズが混じり、明王はふっと消え失せた。石を切り出して造られた剝き出しのトンネルが現れる。

「なるほど、光学迷彩ですか」と林家穂高は訳知り顔で言った。

トンネルを降りると、やがて暗闇のなかにぼうっと赤い光が浮かび上がった。天井から七つの提灯《ちょうちん》がぶら下がっている。『富嶽三十六景』の波浪に似た北斎風の図像をバックに記された〝H〟の一文字――場末の隠れヤクザ『原磯組』の代紋が、山の内側をくりぬいて造られた秘密の空間内部をほのかに照らし出している。

伽藍《がらん》と呼ぶには手狭すぎる聖堂だ。末町住人は「事務所」と呼ぶ。僅か四メートル四方の空間に、いわくつきの物品が所狭しと陳列されている。向かい合う一対の革張りソファとガラス製コーヒーテーブル。卓上には、匕首《ドス》、拳銃《チャカ》、ガラスの灰皿、北島三郎『神奈川水滸伝』のウルトラヴィンテージ・マキシシングルなどの品々が雑多に並べられている。

奥の壁に五人の先代組長の遺影がかかっており、その下に仏壇がある。

「お線香あげたってください」と坂田は林家夫妻に言った。

坂田はソファの裏を通り抜けて仏壇に歩み寄ると、ひざまずいて線香をあげ、偉大な先代たちに頭《こうべ》を垂れた。

原磯組の組員たちは、いずれ組を再興する日を夢見ながら、この任侠の隠れ里でじっと身を潜めて生きてきた。心意気を風化させぬためには、タオリングの継続だけでは足りなかった。信じるに足るものが必要だった。信仰にまつわる品々は山の胎内に隠蔽された。香炉には無数の線香のきれはしが焼け残り、灰がこんもりと小山をつくっている。いまも町の老若男女が活発に出入りしている証左だ。

坂田は黙禱を終え、新たに町の仲間として迎え入れたピンクの夫婦に視線を向けた。

能面のような無表情をした林家日菜と目が合った。指の輪っかから覗く右目が、痙攣発作のように小刻みにウインクを繰り返している。

坂田は自分がしくじったことを悟った。

原磯組は昔気質《むかしかたぎ》のヤクザだった。だからこそ時代の波に淘汰され、場末のコロニーに流れ着いた。冷徹な気性を備えた若頭とて例外ではないのだ。事前のコカイン吸引で目を赤く充血させ、泣き真似ですり寄ってきた林家穂高を、フェイクと看破できなかった。

「ありがとうございます。涙が出るほどうれしいなあ」と林家穂高は言った。「何かお礼がしたいですねぇ」

「騙くらかしやがったな、ボケクソが！」とセコンド加藤が怒鳴り声をあげた。「生きて帰れる思うなよ！」

坂田はもう一人の舎弟に目くばせで合図した。巨漢タオラー糸瀬が、坂田の意図を汲んで加藤を羽交《はが》い締《じ》めにした。最後の試合で敗北を喫したポン拳の使い手は、後日盃《さかずき》を交わして坂田の弟分になっていた。

「ええい、放せ。兄貴、なんで止めるんですか」

自明のことだ。二人組のバックにはまず間違いなく銀河マル暴がついている。

林家穂高はおもむろにウエストポーチのジップを開けた。坂田の確信を裏づける品が取り出される。

バリカンだ。

「お礼にあんたのその胸糞パンチパーマ、あたしが刈り上げて差し上げますよ」

「天パーや言うとるやろうが」と坂田は言った。

「しかし紛らわしんですわ。もしガチの天パーでもチクられたら終わり、お務め確定だ」林家穂高は早くも勝者の笑みをにじませた。「どうします。マル暴ん世話になるか、それともここで刈っちまうか」

「貴様！」と加藤が再燃した。「よりによってうちの兄貴に、なんちゅうこと言いよんねや！」

今度は羽交い締めだけでは済まない。糸瀬は加藤を地面に這いつくばらせた。地べたに頬をひっつけても、加藤は敵を罵《ののし》ることをやめない。

「頭刈れやと。んなもん、自害しろ言うてるんとおないやないけアホたれ！　貴様らの方こそいてまうぞ！」

加藤は下手を打ちすぎる男だった。万一この窮地を乗り切ったとしても「エンコ詰めもう一本追加よろこんで！」状態だった。ヤクザにとってパンチパーマは魂そのものであり、刈ることは自殺と同義だと、加藤はゲロっているようなものだった。能面の顔で写真を撮りつづけていた林家日菜があまりの愉快さに発狂した。笑い声が山の底の秘密の事務所に満ちる。

これ以上シラを切るのはさすがに無理、と坂田までもがあきらめかけたそのとき、

「ちょいと待ってもらえませんかね」と声がした。

その場にいたすべての人間が――林家日菜さえ、予期せぬ第三者の登場に意表を突かれ、言葉を失った。

闇の中からぼうっと、一人の男の姿が浮かび上がる。わずか一五〇センチの小柄な体軀だが、だからこそ鍛え抜かれた逆三角形のシルエットが映える。老境を迎えて久しく、顔には無数の皺がびっしりと走っていたが、瞳はいっそう光を増し、相まみえた者を射殺すほどに鋭い。数年ぶりのお披露目となったダブルのスーツは、分厚い胸板や丸太のごとき腕を包んではち切れんばかりに盛り上がっている。男がいまも濡れタオル一枚で磨崖仏を削り出すことができることを、信

じない者は皆無だろう。

原磯組組長、原磯三郎である。

「来たらあきません」と坂田は声を荒らげた。あきませんよ親分、と胸中で訴えた。

だが届かない。

原磯はもう長いつきあいになる組の若頭ににじりよると、いきなり横っ面に鉄拳を食らわせた。

「気でも触れたんですか、親分！」と加藤が三たび口を滑らせて坂田の努力をふいにした。

「違います」と原磯は林家夫妻に訴えた。

「違うって、何が」林家穂高が眉をひそめた。侮蔑も露わに、「ひょっとしてあんた、てめえの子分に罪全部おっかぶせて、自分は見逃してもらおうって魂胆ですかい」

あはははは〜！　と林家日菜が爆笑した。

「先走らんでくださいよ」と原磯は静かに答えた。「逆ですわ。ヤクザもんは私だけってことです。こいつらはほら、カタギですから」

これには林家穂高だけでなく、坂田らもびっくり仰天した。

「いまさらそいつぁ通りゃしませんって」と林家穂高は半ばムキになって言った。「このコロニーは反社のコロニー、末村ぁ薄汚いヤクザ村！」

「違う言うとんのがわかりませんかね」と原磯はすごんだ。

林家日菜が、ひっ、と声を漏らして腰を抜かした。水音。失禁していた。それでも忠実に職務をまっとうしようと、原磯に向かって十八番《おはこ》の無限ウィンクを繰り出す。

「それでええ。そうやってちゃんと撮っといてください」

原磯は林家日菜に告げると、林家穂高ににじり寄った。待て、来るな、と狼狽《ろうばい》しながらも恐怖で動けないアフロ男の手から、バリカンを取り上げる。そして今度は坂田に向き直った。襟首を摑んだ。手元の機械の電源をオンにした。バリカンが震動し、ブーンという低い音が事務所内に響く。

坂田の頭にバリカンをあてがった。若頭は親分にされるがままになっている。

「何を考えてんですか、あんた」と糸瀬が悲鳴に近い叫び声をあげた。

坂田は無抵抗を貫いている。冷静な目をしている。頭をフル回転させて、親分の意図を汲み取ろうとしている。

「こないな髪の毛ごとき、取るに足らんやろ。いっそ刈られてせいせいするやろがい。どや、気持ちええなあって言うてみい！」

あまりの事態に二人の舎弟は声にならない悲鳴をあげた。原磯は一ミリも躊躇せず、坂田の頭髪を一ミリに刈り上げた。仕事を終えると、純粋な握力のみでバリカンを握りつぶし、いまや恐怖と混乱でわけわからんちんになっている林家穂高に再び向き直った。足を肩幅に開いて腰を落とし、左手は膝に、てのひらを上にした右手を前に差し出し、

「お控えなすって」

仁義を切る。

「わたくし、カタギ警察の皆様に場末のコロニーへと追いやられたしがないヤクザ者。西に行き

ましても東に行きましても、とかく土地土地のおあにいさん、おあねえさんにご厄介おかけしがちな半端者じゃあございますが、任侠道に背く人生を歩むつもりはさらさらございません」

一呼吸置くと、かっと喉を鳴らし、地べたに横たわる坂田の顔面に痰を吐き捨てた。

「堪忍して」と坂田は涙声で言った。すでに原磯の描いた筋書きに思い至っていた。

原磯は構わずつづけた。「ですがこないなへたれどもと仲間同士や思われるんだけは、はなはだ屈辱、黙っちゃあいられません。この三人組とわたくしは、場末の町でたまたま出会っただけの赤の他人同士、お互いに名前も素性も知りゃあしない。どうかこいつに免じて――」

林家夫妻に背を向けた。拳を固く握りしめ、胸を張った。逆三角形の筋肉がさらに膨み、バチンと音を立ててスーツのボタンが弾《はじ》け飛ぶ。はだけた胸元を両手で開き、上半身を露出させる。

「――こいつに免じて、この連中のことは、見逃しちゃあもらえませんでしょうか」

林家日菜がウインクを止めた。目を剝き、まばたきさえも忘れて男の背中に魅入った。極道、と林家穂高が呟く。腰を抜かした。水音。失禁していた。

鮮やかな色の入った昇り龍。

刺青――伝説上の存在とばかり思っていたがまさか実在したとは。茫然自失に陥った林家夫妻はしばらく使い物にならなそうだった。

水音が止むと沈黙が満ちた。男泣きする坂田のかすれた声だけが洞内にこだましていた。原磯は坂田の傍らに膝をつき、そっと肩に触れた。

「泣くな」

「一生恨みます」

「皆を頼んだ。今後はお前が町長《けつもち》や」

坂田は深くうなずいた。

「後のことは任せたってください。今日までほんまに世話んなりました……親分」

銀河マル暴は噂通り、カタギ警察を排除してからきっちり一〇五秒後にやってきた。原磯は両手を挙げて無抵抗を示した。マル暴は原磯を取り押さえ、手錠をかけた。

送り出す坂田の目はもう乾いている。

新しい計算を始めたのだ。

*

原磯三郎は二一二二年、地球本星の極東の島国日本、滋賀県近江八幡市のとある町に、漁師の三男として生まれた。十代半ばで、中世に琵琶湖の漁場を支配した『堅田湖賊《かたたこぞく》』の末裔を名乗る男の子分になった。当時価格高騰を起こして「湖のダイヤ」と呼ばれていた琵琶湖の固有亜種ビワマスの密漁をシステム化し、一家の軍資金確保に大いに貢献した。二十八歳のとき、親分は湖南《サウス》の敵対組織の鉄砲玉にゼロ距離から後頭部をぶち抜かれて即死した。組織が分裂して内部抗争へと発展する中、原磯は新組織を旗揚げし、暴力にものをいわせてたちまち一つに束ね上げた。原磯組の誕生である。

原磯組は政治家や警察に多額の賄賂《わいろ》を贈って懐柔し、違法な密漁を合法と認めさせた。養殖業、土建屋、ネット転売業と手を広げて勢力を拡大した。やがてメディアは原磯を「闇の近江八幡市長」、「琵琶湖のゴッドファーザー」と呼ぶようになった。

六十一歳でタオリング興行のスポンサーとなった。幼い頃から熱心な格闘技ファンだった原磯が、当時超マイナーだったタオリングに目をつけたのは慧眼というより他ない。年始の『ITGP』と真夏の祭典『T1 CLIMAX』の二大看板は国民的大イベントにまで発展したが、他方、水面下では反社会的な裏興行にも力を注いだ。『黒いタオリング』、通称『黒タオ』である。

ルールは「得物が濡れタオルでさえあればあとは何でもあり」のバーリトゥードだった。選手たちは創意工夫を凝らして濡れタオルの持つ殺傷能力を極限まで高めていった。布の端を固結びする、濡れタオルをガリガリ君の隣に一晩寝かせて凍らせる、水ではなくガソリンに浸して試合中に火をつける等の冷酷無比な新規アイデアが、タオリングを未知の領域へと発展させた。

だが奇形化が行くところまで行き着いたタオリング界はやがて、驚くほどまっとうなスターを孕《はら》むこととなる。男はデビュー当時、まだ十七歳のガキだった。何でもあり《バーリトゥード》の黒タオ界にあって、シンプルな腕っぷしと水本来の破壊力だけで連戦連勝を重ねた。特筆すべきは血も涙もないということだ。対戦相手を一方的かつ徹底的にいてこましながら、決して熱くならず、いつも頭のどこかで計算を巡らせている風だった。後にチャンピオンの名をほしいままにすることとなるこの男は、名を坂田と言う。

表も裏も牛耳って、原磯組は栄華を極めた。だが黄金期は長くは続かなかった。『壁疫《へきえき》』——

二十一世紀前半に世界を席巻したCOVID‐19の新たな変異種が、パンデミックを引き起こした。無症状者が多く出たことに加え、最新の変異種は宇宙空間でも生存可能だった。宇宙観光産業が世界GDPの一割を占める宇宙時代にあって、人々はコロニー間旅行の自粛を余儀なくされた。感染を未然に防ぐにはステイホームやソーシャルディスタンスだけでは事足りず、「ちょっと待て、お喋りの前にまず壁造り!」が新しい生活様式の標語となった。マスクと壁用レンガ必携の新時代に、観客過密のドームでタオル片手にしばきあうなどありえなすぎた。だが、不謹慎とそしりを受けようが、加害者と非難されようが、原磯はやめなかった。格闘家の引退は早い。才能あるタオラーたちが自粛のうちに最盛期を過ぎてしまうことが、原磯にはどうしても我慢ならなかったのだ。

時代に逆行するアクションが当局の目に留まり、『暴コン法案』可決のプロセスを加速させた。やがて弾圧が始まった。パンデミックの収束後も、この潮流は止まらなかった。原磯は若かりし頃に賭博でせしめたものの、事務所の地下で埃をかぶっていた宇宙船を修復し、組を率いてスペースコロニー『すえ』へと逃げ延びた。

そして今年二二四五年、反社会性因子の監視にあたっていた林家穂高、日菜夫妻のカタギ警察両名が、宙車の故障を偽装して『すえ』への潜入を決行した。二名は原磯三郎から反社的仕打ちを受けてメンタル崩壊寸前に陥りながらも、当該人物がヤクザであることを看破する証拠写真および動画の撮影に成功。後日、これを銀河警察刑事部捜査第四課——通称『銀河マル暴』へ提出した。林家夫妻の功績をたたえ、『カタギ警察勲功章』が授与された。一方で、林家穂高は「住人は被害者じゃありません。全員ヤクザなんです」との主張を再三繰り返した。だがこの疑惑を事実と認定するに足る証拠は、いまも見つかっていない。

刑は異例のスピードで執り行われた。勲章を授かった二名の英雄が地球に帰還した、僅か四カ月後のことだった。なぜなら原磯三郎は極道中の極道、すなわちワルのなかのワルだからだ。かつては当局からの再三の申し出にもかかわらず違法なタオリング興行を繰り返した。また近年は、〝任教《にんきょう》〟とも言うべき背徳的な教義を説き、コロニー『すえ』の住人たちにカルト的洗脳を施してきたという。

おしおきコロニー『つみ』の宙港に原磯三郎が姿を現した瞬間、事前に集結していた銀河じゅう数多の報道メディアが熱烈なウインクを浴びせた。男はふんどし一丁で真っ黒な鉄板に磔《はりつけ》にされた禍々《まがまが》しい姿だ。口元は喋ることも舌を切ることもできぬよう、目の下から首までかかる鉄のマスクで覆われている。キャタピラつきの拘束台を、銀河マル暴が厳重に包囲し、手押しして歩く。

拘束が解かれ、四肢を乱暴にひっつかまれる。あらかじめ準備されていた型の古い宇宙服に、裸の体が押し込められる。

カウントダウン。三、二、一、点火。——宇宙服の背中のブースターが盛大に火を噴き、原磯の体が天へと舞い上がる。

原磯組の元組員たちは、末町公民館に集まってライブ中継をガン見していた。ドローンカメラが受刑者を追いかけて大気圏外ギリギリまで飛翔する。宇宙服の男が逆さまに空に吊られている。

これが親分の最期の姿なのか。

目が合った気がした。

そして見たのだ。

大気圏を脱出する直前、原磯は天に向かって拳を突き上げた。透明なシールドの内側で、皺だらけの顔がにやりとほくそ笑む。ゆっくりと目を閉じた。享年一二三。大往生だった。皆が見守っていた。原磯三郎が何もない真っ暗闇の宇宙で、ひとりぼっちで最期を迎えることはなかった。

「立派やったね」とマキ子が言った。「あの人の生き様と死に様、最後まで見届けてくれてありがとうね」

痩せぎすな極妻《ごくつま》の体を傍で支えるのは、パリッとしたストライプスーツを着て、髪を横分けにした物静かな男だ。ポマードでスタイリングした濡れパンチパーマの男はもういない。だが背中には依然、虎が潜む。狙った獲物の喉元に食らいつかんと跳梁する獰猛なやつだ。先代の逮捕後、刺青に色が入れられた――艶《あで》やかに燃える黒と金色《こんじき》。

表向きはカタギ警察の圧力により半ば無理矢理でっちあげられた『末町観光協会』の会長だった。だがその本性は、先代の意志を受け継ぐべく新たに旗揚げされた隠れヤクザ『坂田組』の組長なのだ。

末町はいま、警察の目を盗み、夜な夜な密入港者を受け入れる。やってくるのは「最強」の二文字のみを渇望する新世代のタオラーたちだ。タオリングの歴史は場末のコロニーで人知れず蘇った。そしてまもなく第二黄金期へと突入する。

竜　　頭

余計なお世話かもしれないし、もういまさら何をやっても全部手遅れかもしれない。それでも私は尽郎《じんろう》を、あの暗くて悪い場所から光の下へ連れ出したい。

1

辻田尽郎は私の幼なじみだ。

同い年で家は向かい同士、一番古いツーショットは私たちが一歳の頃の写真だ。よく晴れた田んぼ道の上、アンパンマンのおもちゃの車ににけつして無邪気に笑っている。私自身の一番古い記憶は、実家と同じ通りに立った新築の家を見に行って、木造の壁の匂いを一緒に嗅いだこと。

「チョコレートの匂いがする！」って二人で浮かれていたっけ。

小さい頃からずっと一緒で、お互いを自分の半身みたく感じて生きてきた。二人だけの人形遊びで想像力を羽ばたかせた。好きなゲームやマンガや音楽、何でも分け合った。原体験の大半を同じくしていたからか、お互いの兄弟以上に私たちの感性は似通っていた。

朴訥そうに見えて意外とませていた小学五年生の尽郎が、顔を真っ赤にして、初恋が実らず終わったことを打ち明けてきた日、私たちは自転車で連れ立って国道八号線沿いのセブンイレブンに出掛けた。「今日だけやで」と私は言って、自分と尽郎、二人ぶんのカップ麺を買った。お店の前でシーフードヌードルをすすりながら、尽郎は頬をびしゃびしゃにして泣いた。

大好きだった祖母が肺ガンで亡くなった中学二年の夜、私は尽郎に電話をかけて悲しさをぶちまけた。尽郎はすぐさまうちに飛んできて、泣きはらしてぱんぱんの顔の私を外に連れ出した。手を引かれて歩いた近所の神社の境内、張り巡らされた水路の上を無数の蛍が飛び交っていた。神社を出てすぐ、中山道脇の自販機で、今度は尽郎が「今日だけな」と言ってあったかい缶コーヒーを買ってくれた。

その日、明け方近くなって自室に帰り着くと、私は学習机に腰掛けた。ブラインドの隙間から差し込む夜の明けかけの光が、机の上に幾本もの青い線を滲ませていた。私はその光のたまりの中に日記帳を広げ、シャーペンを握りしめると、まっさらなページの真ん中に小さな文字で、短い文章を書き込んだ。

友達のため、動ける時は動くべき。たとえどれだけ馬鹿げたことのように思えたとしても。

お葬式の数日後、私は祖母の化粧台の引き出しの中から古いセイコーの腕時計を発掘する。ケースの金属部は赤錆に侵され、文字盤内部まで錆混じり、ベルトは皮革の表面がボロボロに剝がれている。当たり前のように針は止まっていた。

「修理できないかな」

私の相談に母さんは困り顔で応じた。

「がんばって直すほどのものじゃないよ。おばあちゃん、高価なものとか興味なかったから」

それでも押し切って駅前の時計屋に持ち込んだ。ピカピカに直してもらった時計を初めて腕に巻いて出掛けた日、最初に気づいて声を掛けてくれたのも尽郎だ。ばあちゃんの形見だと私が伝えると目を丸くして、

「時間はみんなに平等やでな」と尽郎は言った。「よう走りきらはった！　しのみちゃんも後に続けよ。針は動き続けてるで」

その言葉にどれほど救われたことだろう。私にパワーとタフネスを与えてくれた。以来、私は形見の腕時計を、お風呂と寝る時以外ずっと片時も離さず身につけている。

幼なじみ。私の半身。一番の友達。今後の人生の中でもし尽郎が打ちひしがれたり、世界のすべてを敵に回した時は、必ず力になる。尽郎と一緒に世界の敵になる。私はそう誓った。

2

尽郎に年の離れた弟が生まれたのは私たちが高校一年の時だ。

家族が増えて、いい加減母屋も窮屈になってきたってことで、辻田家はリフォームを決行した。農具や灯油やキャンプセット、車のスペアタイヤが放り込まれた倉庫の一画が改装され、離れの部屋が作られた。尽郎がそこに移り住むと、離れの部屋はたちまち、中学以来の不良仲間の溜まり場になった。六人の仲間のリーダー格、羽田がワルい先輩から受け取った大麻に、みんなで火をつけたのもこの部屋だ。仲間内の誰一人、正しい吸い方を知らなくて笑えた。

竜頭《りゅうず》が初めて現れたのは、尽郎が離れの部屋に移り住んで間もない頃のことだ。

竜頭は夕方に尽郎の部屋の扉を乱暴に叩き、猛ダッシュで逃げていく。深夜に出窓の外で下手くそな猫の鳴き真似をして、尽郎の寝入りを妨害する。尽郎が起き出して外に出ると、隣の通りに抜ける小径の先、外灯の下で、不明瞭なシルエットになってくねくね踊っている。

時々プレゼントを置いていった。うまい棒にビッグカツ、キャベツ太郎、色んな駄菓子。野菜生活、午後ティー、スターバックスラテ。破いたノートの切れ端に描いた、幼いタッチのプリキュアの絵。使いかけのネイルのボトル。

「あいつ、また来よったで」

尽郎は竜頭が置いていったキレートレモンを飲みながら、私と羽田に言った。

「よう飲めんな」と羽田が言った。「謎のヤツが置いてったもんやろ？　怖ない？」

「まあ、せっかくやしな」

飲み干したキレートレモンの空き瓶を、分別なんか気にせずゴミ箱に放り込む尽郎を見て、羽田がニヤつく。

「いい加減、正体突き止めたる」と尽郎が荒ぶった。

「先週は惜しかったしな」と羽田が言う。

先週末、金曜の夜、尽郎は部屋の中で靴を履いたまま、竜頭を待ち構えていた。予感は見事的中した。部屋のドアがドン！　音を立てた直後、

「誰じゃボケクソが！」

尽郎は怒鳴り散らしながら飛び出したけれど、捕まえることは出来なかった。いわく、竜頭はなかなかのスプリンターで持久力も半端じゃない。夜の田んぼ道をえんえん追いかけていったけれど、結局距離を開けられてしまい、正体を突き止めるまでには到らなかった。

「あと二センチ手長かったら、背中摑めそうやってんけどな。紙一重」

「相手、どんな格好してたん？」と私は訊いた。

「スーツか学ラン」

「じゃたぶん男か」と羽田。

その後も竜頭は不定期に現れた。謎のプレゼントが増えていった。シナモロールのシール、錆びた自転車のベル、くたびれたニューエラの帽子、分厚い結婚情報誌は付録のミッフィーのポーチがページの合間に挟まったままだ。

それがまる二年も続く。

3

尽郎は元来とても怖がりだ。熱心な天理教信者だった祖父の影響もあってか信心深いところがあり、性分に拍車をかけている。とりわけ恐怖の対象になっているのは彼の母親だ。幼なじみのお母さんだから私ももちろん昔からよく知ってるし、お向かいさんだから顔を合わせる機会も多い。道でばったり出会った折、彼女が私に掛けてくる言葉は何年経っても大体おんなじで、

「しのみちゃん、尽郎のこと助けたってね。あの子、一人じゃ何もできひんで」

そんなお母さんの尽郎への搾取はなかなかだ。たとえば離れの部屋に移り住んで以来、尽郎は毎月、家に『家賃』を入れている。加えて前時代の遺物といっていい超ロースペックのノートPCを貸与され、『ネット料金』なるものまで徴収されていた。だから尽郎は私たちと遊ぶ傍ら、工場バイトを続けていた。月の給与の大半を家に入れ、懐には稼ぎの三分の一も残らなかった。

それでも忍耐強く貯金を続けた結果、尽郎がとうとう念願を叶えたのは高校三年の夏休みのことだ。普通二輪免許を取得して、中古のホンダを購入した。登山道具、キャンプ道具一式はリサイクルショップで安価に調達した。以来、週末は一人で愛車にまたがり出掛けるようになった。古今東西あらゆる山に出向き、次々踏破した。

「このまま日本百名山、全制覇しよう思てな」

息巻く尽郎を横目に、私はといえば自室に籠もって受験勉強の真っ最中。ヤニで黄ばんだブラインドの窓際、机の上に山と積んだ参考書はどれも付箋だらけだ。出席日数ギリギリまで休みまくってたまったツケを返すのは生半可なことじゃない。

たまに羽田が電話をかけてくる。

「最近あいつ、付き合い悪ない？」とぼやく。

あいつというのは尽郎のこと。百名山チャレンジを始めて以来、以前より地元付き合いに消極的になった。それが羽田は面白くない。

「先週のバーベキューん時もあの感じやろ。準備も手伝わん、泳ぎもせえへん、ずっと日陰で本読んで、喋りかけても『いや、僕はいいんで』とか。そのくせ山はしょっちゅう出掛けて、自分の好きなことばっかしとる」

バーベキューの手伝いはともかく、他はどこが悪い？　……いささか理不尽に感じるけれど、羽田の言い分や苛立ちもまったくわからないではない。田舎の人間関係は面倒だ。とても狭くて人の入れ替わりもないから、身近なところでもきちんと気を使わないとすぐに角が立つ。

この手の問題がしばしば起きるのを、私は長らく醒めた頭で見つめてきた。千葉から嫁いできた母さんの影響で、家族とは未だに標準語で話す。自分がよそ者であるという感覚は、幼い頃からずっと私の中にある。

「あいつ、この先もずっとあれか？」羽田は愚痴をこぼし続けた。「このままやと普通に友達、誰もおらんくなるやろうな」

よそ者の私の耳に、羽田の言葉は牽制の含みを持って響く。


尽郎が久しぶりに電話をかけてきたのは、それから僅か三日後のことだ。

「しのみちゃん！」

電話ごし、興奮した声で尽郎は言った。

「あいつおった！　ついいましがた！　すぐ来てくれ！」

英単語帳を閉じて家を出た。辻田家は向かいだ、電話から合流まで一分あれば事足りる。幼なじみは目をぎらつかせて通りに立っている。時刻は夜の十時すぎだ。遠雷がかすかに聞こえた。カーディガンでも羽織ってくればよかった、少しだけ肌寒い。

「ついてきてくれ」

私たちの家は集落の端っこで、通りを北に進めば景色はすぐに田んぼだけになる。格子状に伸びる田んぼ道を西に進んだ。しばらくすると尽郎は田んぼの中を指さした。

「ほれ、あっこや」興奮した調子でまくしたてる。「あのあたり」

「うん」

「奇声が聞こえたんよ」

「奇声？　なんて？」

「ヴァー！　って」

「ははあ」

「声の方見たら、田んぼの中に黒い影が突っ立っとった」

「今日は追いかけんかったん？」

「うん。しのみちゃんに教えよう思て」

「そりゃどうも」

「まだ近くにおるはずやで？」

昔通っていた小学校のグラウンド脇を通り過ぎ、農協の精米工場を通り過ぎた。隣地区へと続く道を進み、私の祖母も眠る墓地のそばを越えたところで、尽郎は再び立ち止まる。目を閉じて両手を耳にかざす。

「あいつや。近くにおるぞ」真剣な声だ。「しのみちゃんも聞こえるやろ？」

「？　何も聞こえへんけど」

と私は答えたけれど、

「聞こえる」耳に手をかざしたまま彼は繰り返した。「叫んどる」

道の先から一台の車が走ってきた。ヘッドライトが私の前を行く尽郎の姿を照らし出した。猫背の尽郎、外敵から食料を守る儚い獣みたいだ。

車が走り去り、風が巻き上げられる。風に混ざった臭気が鼻を突いた。うちの地区と隣地区の中間、田んぼだらけの開けた土地に立つ豚舎のにおいだ。随分歩いてきてしまった。

「なあ尽郎」と呼びかける。「そろそろ帰ろう。薄着やで、寒いわ」

受験勉強も途中でほっぽり出してきちゃったしな。

「せやな」と尽郎は答えた後すぐ、「いやちょっと待って」

前言撤回して前方を指さす。豚舎だ。

「もしかして忍び込む気？」

「隠れとるかもしれん。しのみちゃんはここで待っといてくれ。人に見られんように、見張りだけ頼む」

やむなく了承すると、尽郎は肩を怒らせて豚舎に向かう。建物の側面に回り込んで姿を消した。

私はため息をついた。シャツの胸ポケットからラッキーストライクを取り出して箱を開けるけれど、中身は空っぽだ。これだからボックスは。仕方なくただ待った。

尽郎はいっこうに戻ってこない。羽田の愚痴を思い返す。私もいま、尽郎相手に気もそぞろでいる。あいつの苛立ちもこういうこと？　また別？　星座を眺めるのに飽きると、アスファルトに目を落としてシケモクを探した。単語帳持ってくればよかったな。

尽郎はまだ戻らない。このままもう、二度と戻ってこないのではないかという気がなぜか強くした。そんな矢先、

「しのみちゃん、お待たせ」

肩透かしを食らわすタイミングを推し量ってでもいたように、尽郎は豚舎の脇から再び姿を現した。

「どうやった？」私は力なく訊ねる。

「あそこには誰もおらんわ」と尽郎は答えた。

「そうよね」

「あそこには何《なん》もおらんかったよ」

なんで二回言うねん。

「尽郎」思わず訊ねた。「大丈夫？」

「帰ろか」

私の質問に答えずそう言った。これまでの興奮が嘘だったみたく静かな声色だ。

「うん、そうしよ」

「もしかするとこうしてる間にも、うちに来とるかもしれんしな」

「そういうパターンもあるかもな」

少しやぶれかぶれな気持ちで私は答えた。そして続けた。

「羽田がな。もうちょっとだけ、地元付き合いに気遣ってほしいってさ」

「ほうか」

力なくそう応じた。近くに外灯もないのに、瞳が一瞬きらっと光るのを私は見た。彼の心のやわい部分に触れてしまったと気づいたけれど、後悔してももう遅い。

尽郎は一度口を閉じ、もう一度開きかける。けれども別の声がそれを遮った。

――……――……――……――

ふいの奇声が私たちの鼓膜をかすかに震わせた。傍らに立つ尽郎の意識が、またしても豚舎に囚われていくのがわかった。

「ちゃうで」と私は彼をたしなめる。

それは尽郎を待っている間にもさんざん聞いた、豚舎から漏れ出す豚たちの声だ。最初の一匹が発した鳴き声を皮切りに、たくさんの声が折り重なっていき、たちどころに合唱になった。

「わかってるよ」

私のたしなめに応じて尽郎は言った。それから自分自身に言い聞かせるように再三、同じ言葉を繰り返した。

「あそこには何もおらん」

家畜たちのそれにも増してか細い、儚い獣の声で尽郎は呟く。


――もしかするとこうしてる間にも、うちに来とるかもしれんしな。

尽郎の予想は的中する。帰り着いた尽郎の離れ、部屋の手前の土間にこの夜、異様なオブジェクトが現れた。米俵くらいもある大きな石だ。内扉の前に並べられた尽郎のサンダルや登山靴の正面に、ごろっと転がっている。

以来、竜頭は色々な贈り物の合間に時折、この『贈り物の石』を置いていくようになった。一連の石には共通点がある。大きさはどれも米俵大の大きな物だ。あらかじめ丹念に拭き取っているのか砂や汚れは一切付着しておらず、表面は河原の石みたくなめらかだ。試しに一度、抱え上げてみようとしたけれど、女の私じゃ力不足、超重い上につるつるでいかにも抱えにくそうなのに、本当に毎度ご苦労様ですという感じ、一体どんなメンタリティ？

尽郎の部屋の出窓の向こうは辻田家の庭で、柿の木や、名前は知らないけど甘い蜜を出す赤い花、その他の緑が、滅多に手入れもされず繁り放題になっている。庭の中央には石造りの古い涸《か》れ井戸があった。穴の直径が二メートルもある大きなものだけれど、とうの昔に埋め立ててあるので深さはなく、一・五メートル下にはもう底が見えた。内側は苔に覆われて、底にキノコが生えている。

尽郎は不定期に届けられる贈り物の石を都度、井戸に捨てた。ひときわ静けさが満ちた夜には、自室で赤本と戦う私の耳に、耳栓代わりのイヤホンの障壁をぶち抜いて、がろん、という音が届く。

4

高校を卒業すると、浄水器の営業マンになった羽田を筆頭に、地元仲間はみんな地元で就職を決めた。そんな中、尽郎は唐突に、自衛隊に入隊することを報告して、事前に聞き知っていた私以外の仲間を驚かせる。

一見何の脈絡も伏線もないこの進路決定をみんな笑うけれど、事情を知っている私は一緒になって笑えない。決定に尽郎自身の意志はほとんど介在していない。自衛隊への入隊申し込みは、尽郎のお母さんが本人に断りなく行ったことだ。

「自分の進む道でしょうが」

私は尽郎の説得を試みた。さすがにちょっとキレ気味だ。

「なんで自分でキャンセルせえへんの」

「俺が悪いんよ」と尽郎は答えた。「何せアホすぎる。高三にもなって、好き勝手バイク乗り回して山ばっか登って、遊び呆けとったんやでな。そのツケやって」

「それはそうかもしれんけど、でもさ」

「俺は一人やと何もできひんでなあ」

ドキリとした。

――しのみちゃん、尽郎のこと助けたってね。あの子、一人じゃ何もできひんで。

同じセリフを彼のお母さんから何度も聞かされてきた。本人の口から聞いたのは初めてだ。それ以上何も言えなくなる。

自衛隊入隊に合わせて、尽郎は生まれて初めて実家を出た。配属先は宇治駐屯地で、この先は寮生活だ。


一方の私は、晴れて第一志望に合格して、京都の私立大に通い始めた。

二回生の時に初めての彼氏もできる。当初は実家から片道二時間半かけて通学していたのだけど、その後は出町柳の彼のアパートに泊まることがだんだん増えた。

桒田《くわた》浩平君。岐阜県の多治見出身、国語教師の父の影響で幼い頃から本の虫だった。性格は少し繊細で賢い少年という感じ。すぐ泣くし精神的に打たれ弱いところもあるけれど心根は優しくて、私が塞ぎ込んでいる時はいつも、理由を訊くよりまず心に寄り添ってくれた。泣きべそも可愛くて愛おしかった。

私たちはたまにセックスに没頭しすぎてバイトに遅刻したり、くだらない喧嘩で最初の年のクリスマスをふいにしたりもしたけれど、基本的にはお互いがお互いにとって一番頼りになる相談役で、恋人であると同時に親友でもあった。大学生活の残り三年をバディとして並走する。

あっという間に時は過ぎる。

私は持ち前のだらしなさのためあえなく留年し、六年通ってようやく卒業する。その年の春、派遣社員ではあるものの東京の新聞社になんとか採用され、一足先に上京していた浩平と二年越しに合流、今度はつつじヶ丘のアパートに性懲りもなく転がり込んだ。

私の二十八歳の誕生日、調布の薪火料理レストランで浩平からのプロポーズを受け入れた。長い間、私にとって一番大きな存在は尽郎だった。けれども時間的にも空間的にも遠く距離を置いた、人生初の局面を経て、幼なじみとの魂の距離感、半身の感覚はだんだん薄らいでゆき、代わりに浩平の存在が大きくなっていった。

友達のため、動ける時は動くべき。たとえどれだけ馬鹿げたことのように思えたとしても。

明け方、机に滲む青い光を頼りに書きつけた誓いの言葉を、いまでも昨日のことのように思い出せる。けれども、思い出すことと信じること、信じたことを実行に移すこととの間にはとても大きな隔たりがあるようだ。高三の夏、尽郎と二人、豚舎に出掛けた夜以来、私は私が打ち立てた誓いを軽んじ、反故《ほご》にし続けてずっと生きてきた。同じ時、遠く離れた暗い秘密の場所で、尽郎が孤独な戦いを強いられていることなんて知るよしもなかったのだった。

婚約翌年、式を間近に控えた初夏の日、私は浩平との約束に遅刻した。仕事終わりに新宿三丁目駅の改札前で待ち合わせて、一緒に映画を見に行く予定になっていた。私を待って、彼も冒頭十五分を見逃した。

中学以来、私は未だに祖母の形見の腕時計を身につけている。遅刻の原因はその時計の針がもう一度止まったことだ。

そして過去が追いかけてくる。

5

「尽郎君、大丈夫なの？」

映画の待ち合わせに遅れたその日の夜、母さんが電話をかけてきて私に訊ねる。

「鬱病だって本当？」

「尽郎が？」と私は驚いて訊き返した。「初めて聞いた」

「鬱がひどくて薬飲んでるんだってよ」

それどこ情報？

「生恵《いくえ》さんが言ってたの？」と私は訊いた。尽郎のお母さんの名前だ。

「今朝、回覧板持ってきてくれた時にね」と母は答えた。

二十二歳で陸上自衛隊の二任期を満了した後、尽郎は再び実家に戻った。以来、定職には就かず工場系のバイトを転々とする生活を何年も続けている。私生活では相変わらずバイクと登山に没頭して、その合間、都合が合えば羽田の呼びかけに応じて地元の飲み会やバーベキューにも顔を出しているみたいだ。

少なくとも私はそう聞いていた。母さんが最新の動向を私に伝える。尽郎は数ヶ月前から例の離れの部屋に引き籠もって出てこなくなってしまったらしい。

「それで、生恵さんに頼まれちゃったんだけどさ」と母は続けた。

私は身構えつつ訊ねた。「何？」

「『尽郎のこと、助けてあげてくれへん？』だって」

「ってか私、東京だけど」若干ささくれ立った気持ちで言った。

「そりゃそうだけどさ。幼なじみじゃん」

束の間黙り込んだ。「わかった。この後電話してみる」

観念した私に追い打ちをかけるように、「でもさ」と母さんはお喋りを続ける。

「羽田君は羽田君で大丈夫なの？」

「あいつがどうかしたの」

「羽田君とも連絡取ってないの？」

「時々ね」

昼間、たまに電話がかかってくる。外回り中に暇を持て余しているみたいだ。

「毎日遊びに来てるよ、尽郎君ち」と母さんは言った。

私は眉をひそめた。近頃羽田は尽郎の話をめっきりしなくなった。長らく愚痴も聞いてないし、旧友への執着は去ったものだと思っていたのだけど。

「『遊びに』って」私は改めて確かめる。「鬱なんでしょ？　だったらいくら昔馴染みでもさ、尽郎からすれば相手するのしんどいんじゃないの」

「だよね」と母さんは同意を示した。「尽郎君の病状を慮《おもんぱか》って、様子見に行ってくれてるとか？」

「うーん」その線を少し想像する。「ないかな」と結局言った。羽田は地元のリーダー格だけど、仲間思いって柄じゃない。

「そっか。でも生恵さんは感謝してるみたい」

「感謝？」意外な言葉に声がうわずる。「羽田に？　何をよ」

「『羽田君が遊びに来てくれてありがたいわ。あの子、一人じゃ何もできひんで』だってさ」

言葉をなくす。

「いずれにしてもさ。ねえ、しの？」構わず母さんは続けた。「あんたいま、幾つになった？」

「二十九だけど」と力なく応じた。

「だよね。羽田君、二十九歳にもなって、仕事だってしてて、彼女もいるんじゃなかった？　それで平日も毎晩うちに遊びに来るって――」

「母さん、言いたいことはわかるけど、でもね」

いい加減辟易《へきえき》してきて、私は母をたしなめようとする。

「いささか詮索がすぎませんか」

「ごめん。でもやっぱり――」

うわべだけの謝罪を述べながらも結局、母さんは思ってることを皆まで言い切る。

「でもやっぱり、ちょっとおかしいでしょう」

「尽郎と話してみるね」

強引に会話を打ち切って通話を終えると、沈黙の中にかすかなノイズが混ざった。バスルームの音、浩平がシャワーを浴びている。一人きりのリビングはお喋りの最中よりもいくらか広く感じられた。

私は通話の中で生まれた小さな疑問を反芻する。もし羽田が尽郎の今の病状をとっくに知っていたのだとしたら、どうしてあいつはそのことを、今日まで私に黙ってたんだ？

お風呂を上がってリビングに戻ってきた浩平と一緒に、物件情報サイトを回覧する。元々彼一人で住んでいたこのつつじヶ丘のアパートは一間きりだ。なし崩し的にずるずる居座ってきたけれど、結婚を機に広めの部屋に引っ越すのがいいだろうと話し合ったのだった。

ああ、と浩平がぼやく。「この物件決まっちゃったのか」

「ありゃ残念。物事はタイミングですな」

「と言って迷い始めて早数ヶ月」遠い目。

「ねえ」

浩平に尽郎の事情を伝えて帰省の相談を持ちかけた。

「お盆休みが近いでしょう。その時帰ろうと思う」

「そっか」スマホに目を落としたまま彼は素っ気なく応じた。「決定事項なんだね」

「そんなことない」彼の反応に少し驚きながら答える。「相談してるんだよ。どうしてそんな言い方するの」

「じゃあ行かないで」

私はいったん口をつぐんだ。そして言った。

「理由を教えて」

「俺としのみちゃんは付き合い始めてもう随分経つよね」

大学二年の頃からだからもうすぐ十年だ。

「そうだね」と私は答えた。「だから余計びっくり。信用ないんだね」

「そういうわけじゃないよ」

「そういう関係では全然ないよ」

尽郎のことだ。

「正直に白状するけど」と彼は言った。「付き合ってからずっと、三角関係が終わらない、みたいな気持ちがずっと抜けない」

「ウケる」と私は言った。頭に血が上っている自覚はあったけれど止まらなかった。「発想が貧困だよね」自然と語調が強まる。「マンガとかアニメのキャラクターみたいなの想像してるとか？　だとしたら人間ナメすぎ」

ごめん、と言って彼はうつむいた。もう一度顔を上げた。

「しのみちゃん、今日の待ち合わせ遅れたでしょ」

「ごめん」

「昼間も謝ってくれた。それ自体はどうでもいいんだ」

「じゃあどうしていまその話するの」

「ただなんとなく、虫の知らせみたく思えただけだよ」

「……どういうこと？」

「その時計が」と言って彼は私の手首をじっと見つめた。「しのみちゃんを過去に縛りつけようとしている気がするんだ」

思わず一瞬口ごもるけれど、結局私は言った。

「ナンセンスだよ」

「わかってる」

「来週は私一人で出かけるね」

「わかった」と彼は言った。

6

尽郎の離れの部屋を訪れたのは十年ぶりのことだ。

元は地元の悪友の溜まり場で、尽郎と私が一番長く同じ時間を過ごしてきた場所でもある。にもかかわらず、事前の予想に反して、失くしていた自らの半身を取り戻すような感覚が、私を訪れることはない。

室内は荒れ果てている。マウンテンジャケットに大容量のバックパック、トレッキングポール、ピッケル――登山に熱中していた頃の品々はいま、部屋の隅っこに集められて縮こまる。代わりにこの部屋の主役を張るのは、本棚から溢れ出した本たちだ。フローリング上に積み上がったいくつもの書物の塔が、窓から差し込む夕日に照らされて赤く燃えている。

『リッチな人だけが知っている宇宙法則』、『読むだけで見えない世界とつながる本』、『ザ・パワー』、『幸せを呼ぶスペースクリアリング』、『願いが100%かなう浄化★開運法』、『呪いの解き方　なぜかツイてない日の作法』、『3日後「引き寄せ」日記』、『こうして宇宙銀行から

『幸せなお金』がやってくる』、『波動を知る！　波動を上げる!!　人生を変える!!!』、『引き寄せの法則　瞑想CDブック』、『高次元シリウスが伝えたい水晶（珪素）化する地球人の秘密』、『エスパー・小林の「視えない世界」を味方につける霊界通信』、『シンクロニシティ「意味ある偶然」のパワー』、『貼るだけ！　撮るだけ！　なぞるだけ！　大開運！　神様風水』、『ゲッターズ飯田の金持ち風水』、『自分の家をパワースポットに変える最強のルール』。

「本読むようになって世界変わったわ」

複雑な動き方をしている私の心中を察する素振りもなく、尽郎はスピ本の群塔の中心で、声色に恍惚を滲ませて喋る。

「とりあえず、人が死んだらどこ行くんかは大体わかった。魂はいっぺん空に上って宇宙まで行って、それから目に見えん雨みたいになって世界に降るらしい。その繰り返しなんやってさ」

知らない人と話している気分だ。

「なあ尽郎」話をぶった切り、単刀直入に切り出した。「鬱やって聞いたけどほんま？」

口元にゆるんだ笑みを浮かべたまま、尽郎は束の間目を泳がせる。そして言った。

「うん。めっちゃ辛い」

「薬飲んでるの？」

尽郎の目がふいに輝きを帯びた。よくぞ聞いてくれました、とでも言いたそうな表情だ。小学校時代から使っている学習机の引き出しを開けた。取り出したのはステン平無地の素朴な灰皿で、吸い殻ではなく、包装シートに包まれた色とりどりの錠剤がこんもりと盛りつけられている。ピルケース代わりなのだ。

「これがデパス」

錠剤をピックアップして見せびらかす。

「不安を和らげてくれる」

「抗不安剤ってやつか」

「睡眠導入剤でもある」

「逆に、薬ないと無理なくらい眠れへんの？」

「こっちの薬は――」

尽郎は私の質問を華麗にスルーして別の錠剤を手に取った。また解説する。この薬は何という名前でどのような効能を持つ、尽郎が抱えるかくかくしかじかの問題に対して有効だ。全然ピンと来ないしどうでもいい。私に構わず繰り返す。おそらく薬剤師が尽郎に説明したよりもずっと細かく、本やネットで蓄えた知識を総動員して。

ようやく解説を終え、もう何も話すことがなくなってしまうと、尽郎の目に宿ったインスタントな光もいま一度消え失せる。

「最近さ」私は訊いた。「羽田らとうまくいってないん？」

「どうかな。まあ別に普通やで？」

「普通とは？」

尽郎は口をつぐんだ。宙の一点を見つめる瞳が昏く濁っている。

「そうは見えんよ」と追及する。

「あはは。しのみちゃん、考えすぎよ」

言葉とは裏腹に、十代の頃に見た儚い獣の瞳が戻ってくる。

「いまさら別に」と彼は続けた。「俺からは何の要望もないしさ」

「よかったら話聞くで？」と私は言った。

恍惚はあっさり怯えに転じた。

「ほんまに何もないよ」

尽郎の頬がよく熟したりんごの色に染まる。

「向こうが一方的に、攻撃、して、くる、だけでええええ」

それから尽郎は子供みたいに泣きじゃくった。私は赤ちゃんをあやす気持ちで、彼の背中をしばらくさすり続けた。自衛隊入隊後、厳しい訓練を経て生まれ変わった体は、いまも大きくてがっしりしている。

「尽郎、体大きいままやな」

「ジム通ってるでな」

「登山のために鍛えてるん？」

「馬鹿にされてる時はわかるで？」

先の薬の話の時みたく、また質問をスルーされたのかと思うけど、そうじゃない。

「いくら俺でも」と尽郎は続けた。「へらついた目見れば、見下されてることくらいわかる」

堰を切ったように言葉が溢れた。尽郎は友人たちと対等にありたいしずっとそう振る舞ってきた。仲間たちも表向きはそうだ。でも尽郎は彼らの態度を虚飾と見抜いている。劣等感を抱えて生きてきた。自衛隊でも工場でも同じだ、相手の目を見れば自ずとわかる。心を鍛える術は知らない。ならばせめてと体を鍛え続けた。威圧的な大きな体を維持していれば、ナメてくる奴も多少は減っていくだろう。……でもいまでは、理想と現実の落差はますます広がるばかりだ。

「羽田は尽郎のこと、ずっと家来か子分みたいに思ってんで」

尽郎のことを「付き合い悪い」と腐していた高校時代から変わらない。地元の調和を重んじる羽田からすれば、尽郎はずっと目の上のたんこぶだ。尽郎はまた泣き出しそうな顔をする。

「ずっと我慢せなあかんのかな。ここにおる限り」

「ほうやな」

放っとけばいい、と私は言えない。尽郎の傍に私はいないのだ。彼は束の間黙り込む。そして言った。

「羽田さんらと」

言葉が喉でつっかえる。気張れ、と心の中で私は唱えた。

「羽田さんらと、距離、置きたい」

私は心の中でガッツポーズする。尽郎は言い切った。

「俺も地元出たい。しのみちゃんみたいに」

「それがええよ」と私はすぐ同意した。

「私もずっと同じこと思ってた」

「やっぱそれかあ」

尽郎はシミだらけの天井を透かして天を仰いだ。

「あんまり話したことなかったけどさ」と私は言った。「実は私も地元出て楽になったんよ」

幼い頃からつきまとう「よそ者の感覚」のことを告げた。友人に明かしたのは初めてのことだ。兄弟よりも感性が似通った半身だから伝えたのだ。

尽郎は私の話に終始じっくりと耳を傾け、祖母の形見の時計を私が初めて巻いた日のように、何度もうなずいて関心を示してくれた。それから等価交換というように、

「しのみちゃん、見てほしいもんがあんねんけど」

学習机の引き出しを再び開けて、一枚の紙切れを取り出した。ネット求人のプリントアウトで、「山小屋アルバイトスタッフ募集」と書いてある。八ヶ岳標高二三三〇メートル、住み込み三食つき、日当七千円。

「これ、チャレンジしてみたいと思ってんねん」

「マジか」

うれしさが弾けて全身を駆け巡る。同時に猛反省する。尽郎の底力を見誤っていた。生恵さんの言葉に反発しながら、同時に呑まれてしまってはいなかったか。自身の将来像について、人知れず尽郎は空想していた！　あまつさえ空想を現実に変える算段まで巡らせていたのだ。

「いったんやめてもうたけどさ。俺、やっぱり山登り好きやし」

「うんうん、よう知ってんで」

「それに、自衛隊おったからさ。共同生活は慣れっこや」

「山小屋の仕事、あんたにぴったりやんか」

「な！」力強くうなずく。「ちなみに」とさらにまくしたてた。

「ちなみに八ヶ岳って長野県にあんねんな。この辺調べてみると、平地でも家賃めっちゃ安い。麓には登山用品店もある。将来的には山下りて、登山ショップで働けたら最高と思わん？　しのみちゃん、どう思う？」

「いいと思う！」と私は太鼓判を押した。「絶対行くべきよ！」

「おおおおお!!」

「こういうのは早い方がいいで？　明日連絡してみな」

「わかった。そうする！」

「よっしゃ！」

私は立ち上がった。

「そろそろ帰る！」

尽郎も立ち上がって、部屋の出口まで見送ってくれる。

「しのみちゃん、心配かけてごめんな」

「そんなん全然よ」

「おかげですっきりや」

「ほんなら来てよかった。なあ尽郎、もしまたしんどくなったら、そん時は真っ先に私に電話して」

「……わかった。ありがとう」

「お礼なんか」

お礼なんかいらない。昔、尽郎が私にしてくれたことを、私は返してるだけなんだ。

――しのみちゃんも後に続けよ。針は動き続けてるで。

私がどれほどあなたに感謝しているか、どれほど言葉を尽くしたとしても、全部を伝えきることなんてとてもできないでしょう。

尽郎は引き戸を開けた。そしてそのまま立ち尽くした。

「どしたん？」私は幼なじみの背中に声を投げかける。

尽郎は振り返らず、返事もよこさない。私は幼なじみの肩ごしに部屋の外を見た。

米俵ほどもある大きな石が土間に転がっている。

「面倒くさ」

尽郎は吐き捨てた。投げやりな声に恍惚の色が再び滲んだ。

「また捨てにいかんとあかんなあ」

竜頭が尽郎の部屋に初めてやってきたのは私たちが高一の頃だ。十六歳だった尽郎も来年三十歳になる。

まだ続いているのだ。

7

尽郎との面会を終えて実家に戻る。記憶の真空パックみたいな昔の自室で、浩平に電話を掛けた。

「この前はごめん。カッとなって浩平に辛くあたった」

「俺の方こそごめん。嫉妬剥き出しで格好悪かった。自分が情けない」

「そんな風に思わないで」

本音だ。悪いのは絶対に私の方、何せ未だに事情のすべてを彼に伝えきれないでいる。竜頭や贈り物の石、すんなりとはわかることができないであろう複数の奇妙な事柄を、どのように伝えればいいか、考えあぐねているうちにここまで来てしまった。

「私にできることは全部済ませてきたつもり」これも本音。もうこれでおしまいにしようと思う。

「少なくとも彼の背中は押したから。浩平が私にしてくれたみたいに」

「俺の場合は渋々だけどね」と苦笑する。

「でも止めないでくれた」

「きっとしのみちゃんにとってすごく大事なことで、これを乗り越えないと俺達は前に進めないんだろうなって思った」

「不安にさせてごめんね」

「電話ありがとう。いつ戻る？」

「明日の夕方までには帰るつもり」

「もう少しゆっくりしていけば？　もう駄々こねないよ」

「早く浩平に会いたい」

「俺もしのみちゃんに会いたいよ。夕飯、外で食べる？」

「うれしい。行きたいお店あるんだ。四谷のビストロで羊料理出すんだよ」

「リンク送って。予約しとく」

「ありがとう。また明日ね」

「おやすみ」

「おやすみ」

電話を切った。そして私たちは眠りについた。


悪い夢を私は見た。

どんな夢か思い出せない。目覚めると汗をびっしょりかいている。

まだ夜だ。明かりをつける。ヘッドボードに手を伸ばし、時刻を確認しようと腕時計を見るけれど、そういえば針は映画の日から止まったままだ。代わりにスマホを見た。午前二時半。

部屋を出た。母さんは寝てるけれど夜行性の父と兄はまだ起きている。二つの部屋から光が漏れ出している。この時間にあの人たちがいるのはあの人たちだけの世界だ。

一階に降りると、うちの実家の愛犬、ラブラドールレトリバーのハナオが玄関広間のピンクのベッドでおじさんみたいないびきをかいている。背中のあたたかい毛並みを一度だけそっとなでて、傍らを通り抜けた。

シャワーを浴びると冴えた目が余計にしゃっきりした。少し散歩でもしよう。下着とTシャツを新しいものに着替えてジーンズを穿く。スマホをお尻のポケットに、使い物にならない形見の時計をそれでも手首に巻いて、スニーカーに足をつっ込んで外に出た。

月は十六夜、雲はなく空気の澄んだ明るい夜だった。歩いて中山道沿いの自営スーパーに向かう途中、星が三つも流れた。スーパーの駐車場の自販機でエビアンを買って、その場でだらだら飲み干す。それからまた元来た道を戻った。そのあいだ誰にも出くわさないし車影もない。

家の通りに戻ったところで私は人影を見た。ちょうど尽郎の家の敷地内に入っていくところだった。

私は後を追って、敷地を覗き込む。母屋と倉庫、二つの建物に挟まれた闇の中に、濃い影がぼうっと浮かんでいる。影は離れの部屋の引き戸に手を手を掛けた。ほんの少しだけ戸を開き、手を掛けたまま動きを止めた。

そのまま二分も三分もじっとしている。

あれ、時間止まってる？　そう錯覚しそうになる。私の手首の形見の時計も同じだ。深夜の異常な来客――竜頭だろうか。夕方に贈り物の石を置いていった。本日二度目の訪問か。

再び時間が流れ始めた。結局、人影は尽郎の部屋に踏み込まない。それどころか片足すら突っ込まず、自分で開けた戸を自分で閉め直す。そしてまた歩き出し、小屋の奥の死角に消える。

私は忍び足で影を追いかけた。尽郎の部屋の引き戸の前を通り過ぎる時、音楽の気配に気づいた。彼岸の土地から鳴り響くような極小音量のアンビエントナンバーだ。引き戸の磨りガラスの向こう、土間を挟んだその先、尽郎の部屋の扉の隙間から橙色の光が漏れ出している。尽郎はまだ起きている。

人影を追いかけて、離れの部屋の裏手に回った。そこは辻田家の庭で、繁る緑と小屋の外壁の間を進んだ先に、先刻と同じ橙の光が滲んでいる。尽郎の部屋の出窓だ。室内から漏れ出る柔和な光が、追ってきた人物の風貌を露わにする。そいつは出窓に張りつき、額を窓ガラスにひっつけ、カーテンの隙間から目玉をねじこんで部屋の中を覗いている。見開いたその目が血走っている。

羽田だった。

幼い女の子のすすり泣く声が聞こえた。それに合わせて、清潔な光を浴びた羽田の口元も小さく動いた。元は低めの男声なのに、どういじればあんな声が出せるの？

発狂寸前の悲鳴が室内から聞こえた。音楽がぶつりと途切れた。何か大きな物が倒れる音がした。すすり泣きを聞いた尽郎が恐怖に駆られ、癇癪《かんしゃく》を起こしている。その一部始終をじっと見つめながら、羽田は笑った。声もなく、体と喉だけを震わせて爆笑した。

ひとしきり笑った後、気配を察してこっちを見た。私の姿を認めても、羽田は眉一つ動かさない。このことが誰に知られようがどうでもいいよ。そんなことより、ただもう、マジでおかしくてたまらないんだよね。

「羽田」声を押し殺しても怒気は滲む。「あんた何してんの」

「こっち来て見てみ。おもろいで」

羽田はもう一度すすり泣いてみせた。室内の恐慌がそれに呼応する。何かが壊れる音がした。

羽田がまたけたけたと笑った。「な？　おもろいやろ？」

「やめいや。笑って済ませられる限度、普通に超えてんで？」

「せやな」と羽田は認めた。「そやで、このことは絶対、尽郎にバレんようにせんとな」

「でももう私、知った。ばらすよ」

「無理やないですかね」

「何でよ」

「知ったら先生、自殺しよんで」

絶句する。

「今日からしのみちゃんも仲間や」普段通りの調子で羽田は続けた。「みんな仲間。秘密の輪」

「わからん」と私は言った。「みんな？　誰？」

束の間考えを巡らせて、羽田の言葉の意味に気づいた。全身の血の気が一気に引いてゆくのがわかった。知ってるんだ。地元の友達みんな、知っていて、関与してるんだ。竜頭は一人じゃない。羽田の口振りから察するに少なくとも五人。私を除く仲間はみんな、多かれ少なかれ加担しているだろう。しかもそれで全部とは限らない。十年以上続く怪異の正体は、怯える尽郎をからかって遊ぶ、地元仲間の秘密のサークルなのだ。

「しのみちゃん、明日には東京帰るんやんな？　またいつでも遊びに来てや。そんで今度はしのみちゃんも――」

「絶対厭」

「怖」と羽田は言った。「まあええけどさ。どっちにしてもしのみちゃんはゲスト扱いやし」

　その言葉の意図は容易に察しがつく。私は元来、家族と標準語で話す。その上いまは東京住みだ。部外者ってことだろう。

　彼を捕まえようと手を伸ばした。羽田はしなやかな猫みたく身をかわす。そのまま足音も立てずに後じさり、小屋の奥の角を曲がって死角に消えた。

　数刻の後、通りのアスファルトを蹴る足音が夜の世界に反響する。集落の端、田んぼに続く道を駆けていく羽田の姿が見えた。我慢してきたものをすべて吐き出す高笑いが響いた。幼子のすすり泣き同様、羽田の声とは到底思えない。障害物のない道の上で月を浴びた羽田の傍らの地面から馬鹿でかい怪物の影が伸び出し、彼の走りに合わせて狂おしく踊った。

　田んぼ道に羽田の濃緑色のセドリックが停まっている。静寂が車のエンジン音をここまで運んだ。車が走り出し、すべての音が遠ざかる。沈黙が満ちた。

　どれくらいの時間、途方に暮れて立ち尽くしていたのかはわからない。我に返ると私は羽田と同じように、出窓のカーテンの隙間から尽郎の部屋を覗き込んだ。本棚が倒れている。ハンガーラックが倒れている。大量のスピ本、怪談本が床じゅうに散乱していた。ジャケット、バックパック、ピッケル、大小様々の登山用具が床の別の一画を占めている。歌わなくなったステレオスピーカー、百科事典みたく分厚いノートPC、壁に飾ったどこかの山頂の写真の額縁——すべてが混沌の海に呑まれて一緒くたになっている。

ベッドの上に、ぶるぶると震える大きな物体があった。小さな子どもがごっこ遊びでおばけになりきるように、白いシーツを頭からすっぽり被っている。シーツごしでも震えているのがはっきりわかった。ここまで結論を引き延ばしてきたけど、もう十分だろう。羽田だっていい大人だ、冗談で済むとは思っていないだろう。

羽田と尽郎は、もうとっくに友達じゃないのだ。

私はいたたまれなくなって室内の惨状から目を背けた。敵はあまりにも強大で、対する私はなんと無力か。けれども打ちのめされて立ち尽くしている暇はなかった。離れの部屋の正面側、引き戸を開ける音がした。続けて足音が聞こえた。まっすぐこっちに向かってくる。

隠れる時間はない。尽郎が目の前に現れた。何か声を掛けようとして、けれども彼の姿を目の当たりにした瞬間、私はあらゆるパターンの言い訳をまるっと失念してしまう。彼は登山ウェアを着込み、トレッキングブーツを履いている。背中に大きなカリマーのバックパックを背負い、手にぐるぐる巻きの登山ひもを携行している。

その全身が、鈍色の光を放っている。

幼なじみは出窓の傍で立ちすくむ私を見向きもせず、草木が伸び放題になっている庭に分け入っていった。緑に閉ざされた庭の内部が、発光する尽郎が移動するたび露わになる。夢遊病者の覚束ない足取りで進み、立ち止まった時、彼の眼前には石で囲われた大きな井戸がある。足掛け十三年分の贈り物の石を腹の中に蓄えた古井戸だ。尽郎は手にしたザイルの一方の先端を井戸のそばの柿の木に括りつけた。登山で培った技なのか、私にはわからない複雑な巻きつけ方をして、グイッグイッと何度か引っぱって外れないことを確かめる。井戸の縁をまたぎ、半身を沈めた。降りていく。

見えなくなった。ありえない。とうに埋め立てられた井戸だ。深さは何十年も前からいまの私の身長と変わらないはずで、しかもその後、尽郎はいくつも大きな石を投げ込んできたのだ。茂みをかきわけて井戸に歩み寄る。覗き込めば深い闇だけがある。赤と黄色で結わえたザイルの先っぽが溶けている。

小走りで小屋の正面に戻った。農具用倉庫の道路側、未改装の物置スペースで軍手を見つけて拝借する。一枚じゃ心許なく感じられて二重にはめた。もう一度出窓の前を通りすぎる時、半分開いた引き戸の隙間から、室内の様子が垣間見えた。ひっ、と私の喉が鳴る。

そこに尽郎がいた。頭からすっぽりシーツを被って震えている。私は小走りで井戸に戻り、スマホで内壁を照らした。壁を形作る石はみんな揃って丸く、綺麗な形をしている。竜頭が尽郎の部屋に持ち込んだ贈り物の石そっくりだ。その中央でザイルが揺れている。尽郎がいまも降下中であることの証左だ。じゃあ、離れの部屋にいるシーツのおばけは誰？

尽郎が二人。どっちが本物？

しばらくしてザイルの揺れが止まった。尽郎が底についたのだろう。何か理解の及ばないことが起きている、ということだけがわかった。ならば、私は行かなければならない。滑り止めつきの軍手でロープを握った。

井戸の縁に足をかける。降りていく、慎重に、ゆっくりとだ。たちまち悪臭が鼻を突いた。どこかで嗅いだことのある匂いだけど思い出せない。連想が働かないということは本来、水場と関係のない匂いなのかもしれないけれど何もわからない。

深く。寝起きのシャワーに意味なんてなかった。暑い。汗まみれだ。降りるほどザイルの揺れは大きくなる。腕や背中を何度も井戸の内壁に打ちつけた。ぬめぬめと湿った不快な感触が、そのたびに背筋を這い上る。

もっと深く。かすかな音が私の鼓膜を振動させた。耳をそばだてる必要はない。降下した分だけ増幅して、同時に解像度も上がった。それは悲鳴だ。折り重なった幾多の悲鳴。私の怯えが感染して、ザイルまでもが震え出す。

もっともっと深く。いま何メートルくらい降りてきた？　わからない。もうやだ、泣きそう、めちゃくちゃ怖い。いますぐここから逃げ出したいよ――それでも私のつま先は、膨らむ恐怖と裏腹に、踏みつけるのに都合のいい次の足場の石を、次々探り当てていく。友達を助けたいんだ。そのためならばどんな恐怖も、どんな危険だって厭わない。

そしてとうとうスニーカーの靴底が、真っ平らな地面を踏んだ。やわらかく、けれどもところどころ堅いものが混ざる。しんと凍りついた空気が、視認できずとも空間の広さを私の体に判らせた。

なぜだろう、井戸を降りている最中に比べ、ここにきて暗闇の濃度はいくらか和らいだようだった。次第に目が慣れてゆく。

8

だだっ広い舎屋を横切る導線の真ん中に私は立っている。

命の気配がそこかしこに息づいていた。井戸の降下中から鼻を突いた、匂いの主がここに押し込められている。土の地面に臭い消しのおがくずが敷き詰められているけれど、効果はあまりなく、排泄物の臭気が立ちこめている。

彼らは均等に仕切られたいくつもの木製フェンスの中、一区画につき九、十匹が収容されている。至近の一匹と目が合った。つぶらな瞳でじっとこちらを見つめ、短く、か細く啼いた。それを皮切りに、たくさんの声が折り重なる。すぐに合唱になった。

豚だ。ここは豚舎の屋内なのだ。

ふいに、彼らの声に異質な金属の音が混ざる。咄嗟に膝を折り身をかがめて、異質な音の出所を見た。豚房の柵の一つが開いている。中にいるのは尽郎だ。私は柱の裏に身を潜めた。来たことを、尽郎に知られてはいけない気がなぜかした。息を潜めて様子を窺う。

バックパックを傍らに降ろし、中身をまさぐっている。同じケージ内の豚たちが、ふいの闖入《ちんにゅう》者《しゃ》に怯え、柵の隅っこで身を寄せ合っているけれど、彼は構う素振りもなく、井戸を降りるために着込んだ登山ウェアを脱いで、バックパックから引っぱり出した別のウェアに着替えた。迷彩柄のパンツとジャケット、腰のベルトをきつく締め、ボタンを一番上までしっかり留めた。ヘルメットを被り、ミリタリーブーツに足を突っ込んで立ち上がると、いっぱしの自衛官が出来上がる。最後に仕切り板にたてかけてあった鉄の塊を手に取り、独りごちた。

「八九《ハチキュー》式一挺、豚泥棒相手にはいささか役不足か」

脱いだ登山ウェアとバックパックをその場に残して彼は豚房を出た。八九式小銃を携えて中央通路を進み、突き当たりの大きな戸を開けた。私は足音を忍ばせて幼なじみの後を追いかけた。戸をくぐり抜けると視界が開ける。

目を疑った。私たちは井戸を伝って地の底へ降りたはずだ。なのに空があり、白骨標本みたいな月がてっぺんにぶら下がっている。一方で腑に落ちることもあった。豚舎屋内の淡い明るさは、方々の壁の開口部から射し込む月の光のためだった。

眼前には田んぼが広がっている。私はこの場所を知っている。いつか尽郎と連れ立って竜頭を探しに来た豚舎だ。

外に出てからも尽郎の足取りに迷いはない。豚舎の脇を進み、飼料用タンクの鉄梯子に手を掛ける。てっぺんに着くとそこから豚舎の屋根に飛び移った。追いかける。ビクつきながらもなんとか、タンクのてっぺんに足を掛けた。隣接する屋根を見やった。飛べる？　私には無理、高すぎるし遠すぎる。やむなく斜め上から彼を見下ろした。

尽郎はもう戦闘態勢を取っていた。茫漠たる田んぼに向けて八九式小銃を構えている。私は銃口が指し示す方向に視線を向けた。そして見たのだ。

異形。

体のシルエットは人体のそれと似通っている。ただし手足が異様に長く、体長は少なくとも二メートル半から三メートルはありそうだ。

頭部はさっき見たばかりの動物のそれに酷似する。豚だ。ただし口元の形状がおかしい。鼻下のあたりから皮膜が歪《いびつ》に伸びて、前方にぎゅっと突き出している。隆起した先端が鋭く尖っている。よく伸びる豚皮の奥に、猛禽の嘴を隠しているみたいだ。編み目状に走る田んぼ道の上を、こちらに向かってのろのろ歩いてくる。私は尽郎の言葉を思い出して独りごちた。

「豚泥棒」

「これより戦闘状況を開始します！」

尽郎の甲高い声が私の声をかき消した。すぐさま轟音とともに火花が赤く明滅した。尽郎が発砲したのだ。薬莢が散乱してトタン屋根の鍵盤を奏で、豚舎の悪臭と火薬のにおいが混ざり、戦いの始まりを知った階下の家畜がどよめいた。初撃は豚泥棒の頭部に命中した。頭がお祭りの水ヨーヨーみたく弾け飛び、どす黒い液体をまき散らして豚泥棒は斃れた。

「まず一匹」

言うが早いか、尽郎はすぐさま別の地点に照準を合わせる。いま一度私は銃口が示す方角に視線を向けた。そこには何もいない——否。よくよく目を凝らすと、青白く照らされたアスファルト上、何もない宙空の一点にかすかな亀裂が走っている。雛が卵を割って外へ出るように、豚泥棒は何もない空間に尖った嘴を突き立てて食い破った。透明な裂け目にぐりぐり体をねじ込んで這い出し、最後は受け身も取らず無造作に、ぼとり。

その瞬間を逃さない。尽郎が引き金を引いた。トタタタタタタ。

「二匹目」と独りごちた。

次の瞬間、さらに奇妙な光景が現出する。たったいま斃れたばかりの豚泥棒の死体から、白い煙がすうっと立ち上った。煙は宙を漂い、ゆっくりとこちらにやってきて、最後は尽郎の体に吸い込まれて消えた。けれども彼は無反応だ。

いまのは何？

ふいに尽郎が舌打ちした。私は我に返り、すぐさま彼の苛立ちの理由を汲み取った。明るい月下の世界に、彼らの仲間が次々と生まれつつあった。虚空からアスファルトに落っこちた直後の立ち上がりざまに、三たびの銃声。一匹の個体の肩が脆くも吹き飛んで生々しい黒い断面をさらす。異形の生物が激痛に身をよじり悲鳴を上げた。庇護欲をかきたてる痛切な声は、醜悪な容姿と裏腹に人間の子どもそっくりだ。

けれどもそんな悲鳴さえ尽郎はかき消す。無慈悲な銃弾で死に際の痛苦を終わらせる。トタタタタタタタ。亡骸から白い煙がまた立ち上った。先刻と同様に宙を漂い、尽郎の体に吸い込まれる。

「三」

尽郎は煙に構わず殺しの数字を数え上げた。私はそんな彼の横顔を見て眉をひそめた。月の光のせいばかりではない、肌が異様に白い。先刻より血の気が失せて見える。

トタタタタタタ。トタタタタタタ。

「四、五」

間髪容れず、尽郎は腰の弾帯にぶら下げたポーチの中から弾倉を取り出し、空になった弾倉と交換する――戦闘状況を再開します。

トタタタタタタ。トタタタタタタ。トタタタタタタ。

「六、七、八」

けれども多勢に無勢だ。豚泥棒は殺した傍からどんどん生まれる。尽郎一人の射撃ではまるで追いつかない。たちまち病巣じみた斑模様がアスファルトを埋め尽くした。対する尽郎の容態は悪化の一途を辿るばかりだ。豚泥棒を殺すたび、急速にやつれていった。次の獲物に照準を合わせる、瞳の色も褪せてゆく。

「十五」

その数を口にする頃にはもう、彼の髪の毛は真っ白で、顔には大小無数の皺が浮かんでいる。体は縮み、戦闘服はだぼだぼ、ズボンはいまにもずり落ちてしまいそうだ。

い。

「好きで生まれてきたわけじゃないよ」
私の耳元で誰かが囁いた。しっとりとした女の声だった。振り向くと、無理に被った豚皮のマスクを歪に変形させる、鋭い猛禽の嘴がすぐ傍らにあり、それで私は不覚にも背後を取られたとようやく気づいた。間近で見る豚泥棒の裸の体、その質感は金属に似て、鈍く発光している。胸から肩にかけて光沢のあるライラック色の産毛が生えている。股間部には性器も何もついていない。

尽郎はこちらの事態に気づいていない。いまや波濤のように眼下の豚舎に押し寄せた豚泥棒の大群を、一心不乱に殺戮している。

「責任転嫁をしないでほしいよ」
しなやかな絹の囁きとともに、豚泥棒は長い腕で私を抱きしめた。鋭い爪が二の腕にめり込む。痛みに思わず声が漏れた。必死にもがいて腕を振りほどく、その拍子、豚泥棒の爪が私の手首のベルトを引っ掻き、腕時計が弾け飛んだ。

「何の話や。知るか！」
私の叫びを銃声がかき消す。すぐ傍で豚泥棒の頭部が吹き飛び、首のない肢体が足場の不安定な飼料用タンクの上から墜落して眼下の地面に突き刺さった。危なかった。窮地を救われた。タンクを支える台座の鉄パイプを伝い登って私の所に戻ってきてくれた、命の恩人と目が合う。褐色の皮膚に、一抹の光も宿さない虚ろな目、死者と見紛う変わり果てた姿だ。その感情は刻まれた無数の皺の奥深くに隠されている。平静を保ったまま、尽郎はもう何度目かわからない弾倉交換に着手する。

「あいつらは何」言葉少なに私は訊いた。

「この町の『引力』や」と彼は答えた。声まで老いてかさかさだ。「こうして定期的に殺したらんと、地元の色んな連中を、ここに引っ張り込んで悪いようにしてしまう」

腑に落ちるものがあった。羽田や仲間が地元特有の共依存の末、十年以上も尽郎に執着し、竜頭に扮して彼を脅かしつづけたのはなぜか。生恵さんが「うちの息子は一人じゃ何もできない」と断じ、尽郎の進む道を勝手に決めてきたのはどうしてか。

町の引力にあてられたのだ、と尽郎は私に告げた。

「でも」納得がいかず、私は尽郎を問い質す。「どうしてあんたが担ってるんよ。泥棒を殺す？そんなん、あんたやなくても別にええやろ」

「馬鹿だからだ」

そう即答したのは尽郎じゃない。建物を這い上ってきた豚泥棒の第一陣、豚皮のマスクの下に素顔を隠した匿名のそれぞれが、いつかの地元仲間たちそっくりの声で好き勝手に囀《さえず》る——馬鹿だから。馬鹿だからだよ。馬鹿だからだね。馬鹿なんだよ。

「黙れ」と私は叫んだ。「尽郎に訊いてる」

「選ばれたんや」と彼は答えた。「昔、夜中にアイツ探して一緒に田んぼ歩いた日があったやろ。あの日竜頭が俺を引っ張った」

遠い記憶を掘り起こす——思い出す。一人で豚舎に忍び込む尽郎を、当時受験生の私は見送ったのだ。尽郎の帰りを待っている間、私は気もそぞろで、道に落ちたシケモクを探しながら、「二度と戻ってこないのではないか」と不安な気持ちを膨らませていた。

——あそこには何《なん》もおらんかったよ。

あの時そう言ってたじゃん。しつこいくらい何度もさ。

「嘘だったんだね」と私は言った。

彼はためらいがちに小さくうなずいた。それだけで皆まで言わずとも、彼の当時の心境ならば、手に取るようにわかるようだった。——きっと私を巻き添えにしたくなかったのだ。

そして殺戮の日々が宿命づけられる。戦いの準備として、尽郎は母親の理不尽な決定を甘んじて受け入れ、自衛隊員として訓練を積んだ。任期を終えた後もジムに通って体を鍛えつづけた。登山の趣味は井戸の降下に一役買った。

以来、引退して久しいにもかかわらず依然、迷彩服に身を包み、孤独な実戦に身を投じている。埋めたてられた井戸の底、町の一番悪い場所で、泥棒を殺しつづけている。殺戮の代償に彼らの悪意を吸い込み、停まった時間の洗礼を受けて、よぼよぼのおじいさんに変わり果てながら。

戦いの日々に打ちのめされ、とうとう耐えかねて鬱を発症すると、大量のスピ本で自室に結界を張り巡らせた。それでは足りず恐怖から逃れるべく頭からシーツを被り、肉体と精神を守ろうとした。

全部繋がっている。ようやくそれがわかった時には、異形の群れが私たちをすっかり包囲している。逃げ場は完全に絶たれた。万事休すだ。

「だから何」と私は吐き捨てた。

余計なお世話かもしれないし、もういまさら何をやっても全部手遅れかもしれない。だから何だ。私の体にパワーとタフネスがみなぎる。すぐ傍らに立つ小さな老人に手をのばし、貧弱な腕から小銃を奪い取った。

「やめてくれ」畜舎の豚たちよりも弱々しい声で尽郎は言った。

「力になる」と私は言った。

もしも尽郎が打ちひしがれたり、世界のすべてを敵に回した時、私は――

「しのみちゃん、逃げてくれ、一人でも」

「嫌」

豚泥棒を何匹も殺した小銃はまだ温かい。

「お願いや」

「絶対嫌！」

小銃を前方に向かって構える。尽郎の表情が困惑と失望に歪んだ。

「なんで――」

私は今日まで自分のことばかりに必死で、彼が陥っている困難に気づくことさえできずにいた。だけどもうこれっきり。なぜならばあの日、ブラインドの隙間から自室に滑り込んで机の天板を滲ませる青い光の中で、私は誓ったのだ。

友達のため、動ける時は動くべき。たとえどれだけ馬鹿げたことのように思えたとしても。

「約束した」

私は答え、引き金を引いた。

トタタタタタ！

銃声が悲鳴にも似た尽郎の声をかき消した。豚泥棒の水ヨーヨーの体が容易く無残に弾け飛ぶ。

トタタタタタタ！

返り血が私の全身をどす黒く染めた。

トタタタタタタ！

次の瞬間、豚に扮した無数の鳥が、一斉に長い両翼を広げて飛び上がり、一足飛びで距離を詰め、よってたかって私を組み敷く。脳裏に恋人の顔が浮かんだ。

浩平、ごめん。

鳥たちが容赦なく私の全身を啄《ついば》み、あますところなく食べ尽くす。

■

竜頭は腕時計や懐中時計の機構で、ゼンマイを巻き上げたり、時刻や日付を調整する役割を持つ。地元の町の底に棲む豚泥棒たちは、町の竜頭を狂わせて、時間の流れを停滞させる。

時の止まった離れの部屋で、おばけの格好をして震えていた、もう一人の尽郎が、シーツを脱いで立ち上がり、部屋の外へと出ていく。

部屋着のまま、裸足にサンダルを突っかけただけのラフな格好だ。唯一、片手にピッケル一挺だけを携えている。鬱蒼とした庭の茂みに分け入り、井戸の前に着くと、直径二メートルの暗い大穴を覗き込んだ。中は暗くて何も見えない。それでも足をかけ、微塵の躊躇いもなく身を投げた。

否、それは命を棒に振る行為などでは断じてない。すぐに着地音が聞こえた。井戸は何年も前にとっくに埋め立てられている。穴の縁からおよそ一・五メートル下に、円周の全域をみっちりと塞ぐ巨大な石が鎮座している。あまりに巨大であまりに鈍重、それゆえに土地の時間を停滞させる、引力を司る石だ。彼はその石の中央に陣取った。

母は出来の悪い息子を取り沙汰して、誰彼構わず吹聴する——この子、一人じゃ何もできひんで。

「ほうかもしれんな」と独りごちながら、でもな、と内心で反論する。

河合しのみは尽郎の幼なじみだ。

同い年で家は向かい同士、一番古いツーショットは二人が一歳の頃の写真だ。よく晴れた田んぼ道の上、アンパンマンのおもちゃの車ににけつして無邪気に笑っている。尽郎自身の一番古い記憶は、実家と同じ通りに立った新築の家を見に行って、木造の壁の匂いを一緒に嗅いだこと。

「チョコレートの匂いがする！」と言って二人で大はしゃぎしたことならば、いまも昨日のことのようにはっきりと思い出せる。

小さい頃からずっと一緒で、お互いを自分の半身みたく感じて生きてきた。二人だけの人形遊びで想像力を羽ばたかせた。好きなゲームやマンガや音楽、何でも分け合った。原体験の大半を同じくしていたから、お互いの兄弟より、親より、世界の誰よりも絆は深い。

「ありがとう、勇気くれたな」と尽郎は呟いた。「今度は俺の番や」

そうだった。

「しのみちゃん、全力で走りな」

この世に生を受けてからいまこの瞬間までずっと。

「いまは止まってもうてるかもしれん」

肉体は遠く離れても俺たちの、魂は常に共にあった。

「それでも針は――」

ピッケルを強く握りしめ、高く振り上げた。

「――また動く！」

ひとりぼっちだったことなんて、本当は、一度だってなかったのだ。

渾身の力を込めてピッケルを振り下ろした。引力の石に竜の髭《ひげ》みたいな亀裂が走った。時が動き出す。

9

夢を見なくなって久しい。

目を覚ます。まだ夜だ。枕元に手を伸ばしてスマホを見た。午前二時半。

また素っ裸のまま眠ってしまったみたいだ。少し汗ばんだ浩平の体温が、私の肩や頬に直接伝わる。彼は寝息を立てている。明かりはつけず、起こさないようゆっくり静かに、私は布団を這い出して寝室を出た。

ネットの物件情報とさんざんにらめっこして、あれでもないこれでもないと言い合い、さすがに煮詰まってきたその矢先、近い未来の新居はふいに向こうからやってきた。この青梅の木造一軒家は元々、浩平の叔父の所有物だ。私たちの物件探しと同時期、引退を五年先延ばしした叔父さんは、とうとう事業を畳んで地元の多治見に戻ると言い出した。元々中古で購入した古い家だ、どうせ売っても二束三文、それでよかったら代わりに住むか。そんな提案が夫妻からなされ、契約はその日のうちに成立した。以来、格安の家賃で住まわせてもらっている。瓦屋根は白くくすみ、トイレもお風呂も旧式で、暖かい季節にはゴキブリも蜘蛛もひっきりなしに現れるけれど、私たちはお互い地方出身ってこともあって大して気にならず、田舎暮らしを満喫している。

熱いシャワーを浴びて頭をしゃっきりさせる。脱いだ寝間着には袖を通さず、代わりに週一のヨガレッスン用のスポーツウェアを着込むと、浩平との長い同棲生活の中で初めて得た自室に向かった。

毎晩のように夜遊びに興じていた高校時代からこちら、私はずっと夜型だ。新聞社を辞めてフリーのライターになると、その傾向はますます加速した。だからこの時間、仮に浩平が目を覚まして、襖を閉めた私の部屋から光が漏れ出しているのに気づいたとしても不審に思うことはない。「仕事中かな」と考えるだけだろう。この時間、私がいるのは私だけの世界だ。

私はここで二重の生活を送っている。戦いの準備を始める。うるさいほどの夜の静けさの中、窓の外、林の中に息づく獣たちの気配を感じながら、支度を整えていく。初期はなかなかうまくいかず試行錯誤したけれど、戦いの始まりから一年半が経ったいまでは、前よりもずっとうまく自分をコントロールできるようになった。

まず金木犀のお香を焚く。それから七〇年代の古いハードコア・パンクのナンバーをほとんど聞こえないくらいのささやかな音量でかける。できる限りすんなり飛ぶためのルーティンだ。薬指の結婚指輪をいまだけ外して文机の引き出しにしまう。同じ机上のノートPCを開き、起動したテキストエディタをすぐ全画面表示に切り替えた。冷たいアルミニウムのパームレストに両手を置いて、エンターキーを何度か叩き、続けてスペースキーを長押しすると、文字入力の位置を示す黒い縦棒——キャレットがフルスクリーンのちょうど中央に移動する。私は目を細め、焦点をわざとぼかして、白一色のディスプレイの中央をじっと見つめた。

キャレットは一定のリズムを保って点滅を続けている。しばらくそれを見つめ続けた。その間、まばたきは極力しない。当たり前にだんだん目が乾いてくる。そこまできたらお次は、点滅のリズムに合わせて目を開けたり閉じたりを繰り返す。

目を開ける。目を閉じる。キャレットを避けるように。

目を閉じる。目を開ける。うまく繰り返せば傷一つない真っ白な世界が永続する。

開ける。閉じる。開ける。閉じる。

開ける。

すると私は窓の外に瞬間移動している。僅かに開いたカーテンの隙間から、室内の様子が見えた。もう一人の私がそこにいる。文机の前で三角座りして、ノートPCが発するブルーライトを全身に浴びている。きっと表示されたままになっているであろうフルスクリーンエディタの白背景を、半ば虚ろな目でじっと見つめ続けている。

こうして私は二人になる。尽郎が二人になったのと同じだ。豚泥棒を殺した日から、体質がそう変化した。

実体から分離した『夢の体』を動かして、私は背後を振り返る。山裾の一軒家は庭つきで、そこは叔父夫妻の管理下にあった時から木々や花々が手入れもされず繁り放題になっている。その中に石造りの古い井戸があった。いまも地下水を汲み上げることができる現役の井戸だ。尽郎からもらったザイルは、あらかじめ井戸の傍の木に括りつけてある。ザイルに手を伸ばすと、私自身の腕が帯びた、鈍色の光が眩しかった。

井戸を降りていく。

深く。もっと深く。

夢の体が豚舎に降り立った。今夜ここで、すべての豚が眠りについている。

尽郎もすぐにやってきて、私を見て笑った。『夢の体』を実体から分離するための私の方法が、ライティングの仕事をサボりたい一心に由来していることが、彼には未だに可笑しくって仕方がないらしい。

そんな辻田尽郎の実体はいま新天地にある。かつての百名山チャレンジは辛くも頓挫したけれど、今回は違う。あふれるパワーとタフネスで夢を叶えた。すごかった。なけなしの勇気を振り絞り、「一人じゃ何も」なんて抜かす呪いの言葉をはねのけて、ついに彼は離れの部屋の外へと大いなる一歩を踏み出したのだ。

——山小屋アルバイトスタッフ募集！　八ヶ岳標高二三三〇メートル、住み込み三食つき、日当七千円。

白い冠を被った八ヶ岳の山荘にいま彼はいる。頭からシーツをすっぽり被っておばけになりきる彼独自のルーティンで、この場所に夢の体を飛ばしている。

「八九式《ハチキュー》が二挺」と尽郎は言った。「豚泥棒、相手取んのに不足はないな」

私はうなずき、武器を受け取った。二重性を帯びた桒田しのみの裏の仕事は、尽郎とタッグを組み、豚泥棒を殺しまくって町の引力を保つことだ。大丈夫。私たちはもう半身ではないのだから。

ここはすべての井戸の底抜けの深淵、強力な磁場で悪を集める悪い場所だ。初来訪時、豚泥棒にウザ絡みされ、大切な祖母の形見の時計を私はなくした。セイコーの腕時計であることだけはわかるものの、型を特定することもできないほど古く、また決して値打ちものとも思えない。しかもまだ私が二十代だった頃、浩平との映画の待ち合わせに遅刻した時からこちら、針すら止まってしまっている。

ふいに尽郎は目を閉じ、両手を耳にかざした。

「聞こえる」真剣な声で彼は言った。「聞こえるか？　しのみちゃんにも」

私は肩に斜め掛けした負紐《スリング》を回して自動小銃を背中に移動させる。尽郎の真似っこで目を閉じ、あたりの音に耳を澄ませた。

錆混じりの文字盤の上でしなる、清冽できめ細やかな金属の音。なくしたはずの時計の心音、とうに止まったはずの針の胎動。

針はひとりでに動き出した。夜は幾度も明ける。

ラゴス生体都市

1

落雷が部族の集落のブビンガの木を撃った。

精霊《ヴォドウン》が宿るといわれる聖木だった。真っ二つに割れた幹から煙がたちのぼり、ブラックコーヒーの鋭い匂いがたちこめた。割れた木の底、土のなかに開いた穴に、生まれたばかりの赤子の姿があった。乾燥地帯《サヘル》の赤土が、子を産んだのだ。

呪術師《ウンガン》コイーバは雷に撃たれ灰になったブビンガにちなんで、赤子をアッシュと名づけた。眉間に稲妻形の傷があり、触ると硬い。皮膚の内側に鉄板が埋まっている。生まれ落ちたときからそうだったのだ。

アッシュは十二歳で村を追われた。納屋《ボマ》の瓢箪に蓄えたバオバブのオイルを全身に塗り、柄全体にびっしりとまじないのしるしを刻みつけた石槍を携え、渓谷へ降りた。一人前の男になったことを示すためだ。群れを離れた一匹のハイエナめがけて槍を放ち、一撃で仕留めた。子供の力で村まで運んで帰ることのできる、一番大きな獲物だった。死体の傍らにひざまずきながら、周囲の闇に潜むハンターどもの、生臭い息を嗅いだ。すでに群れに囲まれていた。

コイーバが乾燥地帯《サヘル》に生息する草食獣を殺し、死体に油を塗り込んでいるという噂があった。それは本当のことだった。ハイエナたちは油の匂いを覚え、油の匂いを辿れば獲物にありつけることを学んだ。コイーバはアッシュを罠に嵌めたのだ。

牙を逃れ、アカシアの木によじ登った。ハイエナたちはぎゃあぎゃあと耳をつんざく笑い声を上げながら、木の周りをぐるぐる回った。ハイエナは執念深く、決して獲物をあきらめない。樹上で三日が過ぎた。三日目の夜、意を決して木から飛び降りた。石槍をがむしゃらに振り回し、セネガルライオンの咆哮で敵を威嚇した。ハイエナの牙が届き、アッシュの肉を引き裂いた。血にまみれ、どこまでもしつこくついてくる追っ手を振り切ることも叶わぬまま深夜に村に戻ったが、砂避け住居《コンテナ》の網膜認証《レティナ・スキャン》はもうアッシュを受けつけなくなっていた。

俺はもう死ぬ、とアッシュは思った。

ふいに鉄の雨が降り注ぎ、夜明け前の闇を切り裂いた。砂塵が巻き上がり、舞い落ちる。視界が回復するとハイエナたちは体じゅう穴だらけになって死んでいた。地平線の向こうから光り輝くミミズのような日の光がさし、ハイエナ殺しの姿を暴いた。

「生き残ったか。幸運なやつだ」と幼い娘の声が言った。

ガスマスクを着用した小柄な人物が、小銃を握りしめた四人の兵士を背後にはべらせて立っている。

「ここに来る途中、ハイエナが何頭も死んでいた。死体を辿ってここへ来た」

オーバーサイズのジャンプスーツが、一五〇センチの体を包んでボディラインを隠している。

「あれはお前がやったのか……」

アッシュはうなずいた。

大地が眼前にせり上がった——否、倒れたのだ。

「血が足りないのでしょう」と兵士の一人が言った。

朦朧とする意識を抱え、上目遣いで娘を見上げた。娘はガスマスクをはずした。琥珀色《アンバー》の虹彩を持つ狼の目《ウルフ・アイズ》がアッシュを見下ろす。濃いメイクで威厳を持たせてはいるが、アッシュとそう変わらぬ年齢だ。

見ろ、という声がずいぶん遠く聞こえた。娘が兵士たちに呼びかけている。「それでも槍を手放さない。幼くとも戦士《ジャグンジャグン》だ」

次に目覚めると空の上だった。昏倒しているあいだに応急処置を施され、一命を取り留めた。眼下を見下ろすと複雑に入り組んだ潟湖《ラグーン》がある。アッシュが初めて見る海だった。屹立する玉虫色の摩天楼の隙間を、自動車が蟻の隊列のごとく埋め尽くす。沖合に赤やオレンジのタンカーが所狭しと並ぶ。大都市のパノラマが、弓の部族《オルン》の村しか知らない青二才を圧倒した。

運河を越えると、巨大なピラミッドが眼前に——航行する飛行車《エア》と同じ高度に現れた。

「中央貯蔵塔《ストレージヒル》だ」と娘が言う。「生体都市の中枢であり、我ら保全局のねぐらだよ」

それはグロテスクな人間版蜂の巣、あるいは大地が患った悪性の腫瘍に見えた。飛行車《エア》はピラミッド外殻の飛行車港《ハーバー》に着港する。外殻には無数の小さな気孔《ストーマ》が穿たれていて防音室のようだ。手を近づけると、湿気を伴った吐息が指先を舐めた。有機的な肉　壁《オディ・エラン》、呼吸をしているのだ。兵士たちに伴われてファサードを抜けると、吹き抜け構造《アトリウム》の塔内部に、濃緑の自然が繁茂している。各階にせり出した空中庭園は豊かな原生林に覆われ、白糸の滝が網の目のようにそれらを繋いでいる。水の音、木々のざわめき、熱帯の鳥たちの歌声。

「ここは天国……」

娘と兵士たちの後についてゲートをくぐろうとするアッシュの行く手を、門番が阻んだ。力の

「安心しろ、まだ生きているよ」と娘は言った。「だが天国に一番近い場所だ」

門を守るのはオリーブグリーンの機体に赤、緑、橙色の鮮やかな原色で織られたマントを羽織り、儀式用の精霊《エミ》のマスクとヴェールで頭と顔を包み隠した保安機械たちだ。

アッシュは助けを求めるように娘を見た。

「私と来たいか……ならば誓え」と彼女は言った。「今日お前は死んだ。ハイエナの贄《にえ》となったのだ。だが再び蘇った。我が呪術によって」

忠誠を誓え、と娘は言った。

生存本能がアッシュになすべきことを教えた。ひざまずき、野良犬の真似をして吠えて見せた。それが答えだった。

2

自由の身に生まれた真のオグボグボ族として　我らの富と資源は　ヨーロッパがかつて持ったすべてのものを超え　祭壇には金が溢れる

局長室の大壁面には『オリキ』と呼ばれるヨルバ族の聖歌の言葉が彫り込まれている。革張りのエグゼクティブチェアに腰掛けるのは、黒地に金の刺繍を無数に配した豪奢なナポレオンジャケットを着た、幼さの残る娘である。

「お呼びでしょうか」

アッシュは忠実な犬としての言葉を正しく吐いた。死の淵より救われ、ヴィクトリアアイランドに住まいを与えられて早五年。その間にアッシュの体は大人へと急成長を遂げていた。二〇六センチの長身に長い手足、腕を左右に水平に広げたウイングスパンは二一八センチに達する。

「アッシュ。来たか」

保全局局長マジェスティックは、弓の部族《オルン》の村を訪れアッシュを見初めたあの日と何一つ変わらぬ姿を保ち続けている。

「お前を呼んだのは他でもない。例の〈映画監督〉の一派への対処についてだ」

二〇五四年、九年戦争の終結後に樹立された新政府は、法律で性交を禁じ、子供を作ることを禁じた。当初から大きな反発は起きなかった。生体都市は、出生に始まり、気温、天気、食事、仕事、人間関係に至るまで、市民の生活すべてを制御している。この環境完全都市《アーコロジー》においては人の心さえ例外ではない。生体都市はラゴス全市民の心を情調制御《ムードコントロール》し、束の間獣の牙を隠し持つことさえ許さない。

そんな社会情勢の中で、ポルノ・ムービーはこれまで法律違反の禁制品として誰の目にも触れず長い眠りについていた。〈映画監督〉がこの眠れる獅子を目覚めさせた。

彼がアフリカ・シュラインでポルノ映画を上映したとき、変革が始まった。ポルノを鑑賞することにより、一律に調整された市民の情調《ムード》に乱れが生じた。労働者層《ゲットー》は「性の解放」を声高に訴え始めた。たちまち社会現象が巻き起こった。ポルノはナイジェリアにおける最もドープでエクストリームな反社会活動となった。

熱は一向に引く気配がない。

アフリカ・シュラインでは夜毎、過激な映像が上映されている。かつて黒い大統領《ブラック・プレジデント》フェラ・クティの時代、音楽による反社会運動の拠点だったこの場所が、今では映画による反社会運動のプラットフォームになった。

以来、映画監督は性的プロパガンダ映画を完成し次第市場にばらまく背徳のストロングスタイルで、ことあるごとに政府に喧嘩を吹っかけてきた。そして先日、満を持して過去最大の燃料を投下したのである。

サスペンス、楽しさ、好奇心！　大ヒットコメディ、大笑い間違いなし！

とってつけたような言葉が並ぶ公開前トレーラーは保全局の検閲をくぐり抜けるためのフェイクだ。「一線は越えてません！」を常套句に過激な活動を続けてきた労働者層《ゲットー》新世代のリーダーは、ついに越えてはならない一線《ポイント・オブ・ノー・リターン》を越えたのだ。

事態を重く見たナイジェリア政府は、強引かつ速やかに『ポルノ・テロリズム法案』を可決した。

「アフリカ・シュラインのスローガンを……」とマジェスティックが訊く。

『脚は快楽をもたらさない』」とアッシュは答えた。

「イエス。連中はけだもの。丁重にジャングルにお帰りいただかなくては。聞き入れてくれないのなら力ずくでも。この意味がわかるか、アッシュ……」

アッシュは首を横に振った。ブレイズヘアが左右に揺れる。

「粛清《イムクロ》を執行する」

――十三機の戦闘ヘリ《ローイファルク》で、ヘルファイア・ミサイルをたたき込む。この作戦により、アフリカ・シュラインを中心としたイケジャ地区一帯がすべて焼き払われる。加えてムシン、マココ、その他労働者層《ゲットー》過激派が潜伏していると予想されるエリアもまるごと潰す。

「なお作戦名は『カラクタ空爆《ヘル》』とする」

要するに政府は、労働者層《ゲットー》の反感を買ってでも連中を根絶やしにする覚悟を決めたのだ。

「彼らの身柄はどうなります」

「決まっている、もれなく監獄行きだ。スネーク島の感化院《キリキリ》で、ハイエナの繁殖に残りの人生すべてを捧げてもらう」

幼い娘の狼の目《ウルフ・アイズ》が、アッシュをまっすぐ捉えた。

「不満が……」

アッシュは首を横に振った。「あなたへの恩、片時も忘れたことはありませんよ、ボス」

保全局長の右腕、〝一番はじめの焚像官《リムーヴァー》〟アッシュ・エリアクゥ――姓はマジェスティックから譲り受けた。十二歳で村を追われてからの五年間、マジェスティックはアッシュにとって親同然の存在だった。

「ですがこれだけ訊かせてください」と言葉を重ねた。「ボスは『アフリカの祈り』を、ご覧になられたのですか……」

永遠の十四歳は新しい煙草に火をつけた。煙を吐き出しながら「端的に言ってゲスの極みだよ」と嫌悪感も露わに答えた。「平気な顔でアレを見ていられる奴は気が触れているとしか思えない。だって、ああ――」

マジェスティックはかすかに頬を赤らめた。

「――冒頭五分で、男と女が手を繋ぐだなんて」

崩れ落ちそうな姿勢をなんとか立て直して彼女はつづけた。

「カラクタ空爆《ヘル》の決行は八日後。お前は通常任務に加えて作戦決行当日までのあいだ、けだものたちに投降勧告をして回れ。話は以上だ」

アッシュは人差し指を立てた右手を胸の前に掲げる保全局式の敬礼をした。

「イエス。レディ・マジェスティック」

局長室を出てエレベーターで地上階に降り、マングローブの木立の先に張りだしたオーガニック・カフェの手前に差し掛かったところで、そこのテラスからお声がかかる。

「ハイ、アッシュ」

「ブリュネット」

コールサインはボブカットに切り揃えた栗毛の髪色に由来する。身にまとっているのはラベンダー色のオールインワン・ジャンプスーツで、露出批判回避《スラット・シェイミング》のための風船のシルエットが生身の体型を包み隠している。瞳の色がオリーブなのはヨルバ族の血統にフランスの血が混ざっているから。頭にかぶったワインレッドのクローシュ帽が彼女のトレードマークだ。

ブリュネットは席を勧めたがアッシュは丁重に断った。

「急ぎでね」

「少しだけ話がしたいのだけど」

「何かな」

「貴方、最近どうしたの……前回の『官能率測定試験《イダンウォ》』でヤバイ数値を出したっていうのは本当……」

『官能率測定試験《イダンウォ》』は局員の政府への忠誠度を測るテストで、一ヶ月に一度の測定が義務づけられている。官能率が許容限界値である69％を超えた者は、『性欲をもてあます者《バイアグラ》』と呼ばれ、性器を切り落とされて追放される。かつての同僚、赤髪のレディッシュは、69％をマークした翌日に姿を消した。今も感化院《キリキリ》の壁のなかにいるはずだ。

アッシュも今月初旬の測定で危険な数値を叩きだしていた。官能率50％超えは現在、保全局内でダントツのトップだった。局の監視の目が厳しいものになっている最大の理由だ。

ブリュネットはテラス席から降りてきてアッシュに詰め寄った。

「ねえ、こんな噂が出回ってるのを知ってる……貴方が、裏じゃ労働者層《ゲットー》とずぶずぶだって。他でもない保全局の同僚たち――ブロンドやブラックが話していたのよ」

「初耳だね」悪びれずに言った。

「もちろんボスは聞き入れなかった。『アッシュがあの獣臭いポルノ・テロリストどもと繋がっているわけがない』ってね」

周囲に聞こえぬよう、声を落としてつづけた。

「アッシュ、私はいつだって貴方の味方。知ってるでしょう……貴方は私を信じていい。ねえ、私にだけは正直に話して」

「ブリュネット。俺はボスに心からの忠誠を誓ってる。昔も今も変わらずな」

保全局式の敬礼で忠誠をアピールする。ブリュネットは何も言わずにアッシュの顔を見つめた。ため息をつき、アッシュと同じポーズをとった。

「わかったわ。いつでも相談して頂戴、私の友人《オルク・ミ》」

　ブリュネットは柔和な笑みを浮かべた。ただし目は笑っていなかった。

「今日はこれからどこへ……」とさらなる追及が来る。

「通常任務さ」とアッシュは答えた。

「焚像《リムーヴ》……」

「イエス。件の水上スラムに、海賊版《ブートレグ》を売りさばいている店があるそうだ。これから押収に向かう」

　ブリュネットと別れて保安機械《マスカレイド》が守るゲートをくぐり、塔の外へ出た。ハリセンボンに似た駐《ボー》板機構《ド・ボート》の走査器《スキャナ》でスニーカーのインソールに内蔵されたＩＤタグを認証すると、球形の機構が回転し、針のように球の表面を覆っていたロケットボードの一つを射出する。背面には神話的幾何学模様のアフリカの猿、ブッシュベイビーのグラフィティが、黒とミッドナイトブルーの発光塗料で描かれている。アッシュはこのヒップな愛用品に足を掛けると、姿なき親愛なる友人に呼びかけた。

「Ｙｏ、ンナーク」

　始動メッセージを感知したロケボーの音声ＡＩアシスタントが起動する。

「イケジャ・マココ地区、ウォーターフロントまで自動運行」

「ＯＫ、アッシュ。任せときな」

3

マココはラゴス本土側の東沿岸に浮かぶ水上都市だ。十万人の不法居住者《スクワッター》を抱える世界最大のスラム街として知られている。とりわけ水上家屋にエンジンを取りつけた自走筏《フロート》が考案され、有事に海上への自由逃走が可能となった二十一世紀以降は、映像の違法売買が横行する海賊版販売人《コピーキャット》の天国と化していた。

　水際に到達するとアッシュは、ロケットボードをサーフモードに切り替えて潟湖《ラグーン》に着水した。自走筏《フロート》の網の目を縫って進む。

「Yo、アッシュ」ンナークの声が、終始移動する目的地を完璧に捕捉して骨伝導で知らせる。

「間もなく目的地付近だぜぇ」

　周囲よりも一際大きな自走筏《フロート》に飛び乗った。この鉄骨造三階建て三角建築の通称は『三角テント』、労働者層《ゲットー》の間で密かに強い発信力を持つ店だ。ポーチを通り抜け扉を開けて中に入る。四方の壁とてっぺんに開けられた窓から陽が入り、宙を舞う塵を光の粒に変えている。

　フェミニンな花柄のチュニックに身を包み、スキンヘッドにスイムキャップのようにはりつく赤いドゥーラグを被った店主が、電子ハシシを燻《くゆ》らせ、口元を多幸感に弛緩させている。

　真っ赤に充血した瞳が、にわかに驚きのきらめきを得た。

「その稲妻形の傷」と来客の額を指さして言った。「あんたを知ってる」

「焚像官《リムーヴァー》アッシュだ」

焚像官《リムーヴアー》、と裏返った声でそう呟いた後、店主はすぐさま立ち上がって背中に針金でも通ったかのようにピンと姿勢を伸ばし、アッシュの要求を待たずすぐさま、品物の整理に取りかかった。忙しく店内を駆け回ると、たちまち数十枚の円盤がカウンターテーブルの上に積み上がる。

この店の噂に違わぬ蒐集力には驚きを禁じ得ない。売買はおろか、所持すら許されない禁制品が山ほど出る。

「これで全部だ」

どれも過度に扇情的な絵がジャケットに描かれている。露出度の高い衣裳を身にまとい、いまにも肌と肌が触れそうな距離で卑猥なアイコンタクトを交わす男女のツーショットは、セクシャルな刺激を受け流すための特別な忍耐訓練を受けた焚像官《リムーヴアー》でなければ目を背けずにはいられない劇薬だ。

アッシュがそれらを検品している間に、店主は金庫を開けて紙の売上金を取り出し、震える手でカウンターテーブルに並べた。

「頼むよ我が友《オルク・ミ》」と嘆願する。「この通り金ならいくらでも払う。今回だけ見逃しちゃ――」

「なあ店主」とアッシュは彼の言葉を遮って言った。「あっちのを見せてくれないか」

レジカウンター奥の棚を指さす。

「そいつが光を放ってるのは、一体どういうわけだ……」

一枚の円盤だけが、比喩じゃなく物理的な意味で、ピカピカと発光している。

西の隣国ベナン共和国から移り住んだというエグン族の店主は首をかしげた。

「お客さん、キマってる……」

「いいや。あんたに言われたくないよ」そしてしつこくつづけた。「ピカピカ光ってる。そこの、透明のビニールで梱包された、裸のディスク」

店主は棚から一枚を取り出してカウンターの上に置いた。ＡｍａｚｏｎやＡｖｏｘ製じゃない、メーカー刻印すらないノーブランドの顔ナシで、色は表も裏もツヤ消しの黒だった。近くで見るとますます強く発光している。

柔らかい光を見ているだけでなぜか、おのれの情調《ムード》が調整され、安定していく感覚がある——ハッピーオーラだ。

「こいつは駄目だ。検品前でね。見ての通りジャケットも着せてないし、値付けもしてない」

海賊版販売人《コピーキャット》はこうした裸の商品も安く買い叩く。内容を検め、ネットから当該タイトルを探し出してカラープリントし、手製の紙ジャケットに収めて正規品への擬態を施したあとで再びマーケットに送り出すのだ。

「いくらだ。あんたの言い値で買おう」

店主は上目遣いにアッシュの様子を窺い、口ごもった。アッシュは涙袋に内蔵した通信端末『涙袋通信端末《ティアバグ》』を操作してカウンターテーブルの上に売買ＵＩを照射した。

「悪いな。ここいらじゃ紙の金の方が使い勝手がいいとは思うが」

マココの三角テントにじゅうぶんな金をデータ送金した。

「あんた、違法売買の罪で俺を、感化院《キリキリ》送りにするつもりじゃ——」

「この金で当面はまともな生活が送れるだろう。しばらくポルノ売買は控えてくれよ。さもなけりゃ近いうちに、今度こそあんたをしょっ引くことになる」

店主は呆けた顔でうなずいた。

「協力に感謝する。今日のことは他言無用で頼む。いいな」

アッシュは押収品の束を保全局支給のメッセンジャーバッグに突っ込むと、きびすを返した。途中で立ち止まり振り返った。「ところでこのブラックディスクだが」と言った。「あんたには光が見えるか」

店主は首を横に振った。なるほど、あんたにはこのオーラ、見えてないのか。

店を出て、次の目的地までロケットボードを飛ばしながら、本日押収したブツの中身をポータブルプレーヤーに挿入する。涙袋通信端末《ティアバグ》を操作して視界をVRモードに切り替え、順番に中身を確かめた。どれもなかなかの出来で、アッシュを何度も駆りたてた。握手《シェイクハンド》、抱擁《ハグ》、くすぐり合いっこ《チックリング》——惜しげもなく繰り出される、現政権下では禁じられたラジカルなプレイの数々。この類の映画はかつて「ラブストーリー」なるジャンルでくくられていたらしいが、検閲の目をだまくらかすための言葉の煙幕だろう、どう見てもポルノでしかない。

この都市から失われたもの——ポルノのフロンティアは広大だ。今日発掘《ディグ》したビデオも、今後の新作撮影にポジティブなバイブスを与えるだろう。

すべてのポルノに目を通し、最後に例のブツ、顔ナシのディスクを手に取った。いまも謎めいた淡い光を帯びている。ドライブに挿入すると、かすかな円盤の軋みが聞こえ、すぐに自動停止

してしまう。ディスプレイに警告が表示される。曰く、
［規格外］
しばらくすると警告の表示も消え、ディスプレイは無愛想な黒一色のべた塗りになった。

4

三角屋根の下、オレンジの外壁に三つの黒いプレートが掲げてある。左のプレートに〝ＡＦＲＩＣＡ〟、右のプレートに〝ＳＨＲＩＮＥ〟の白抜き文字がそれぞれ刻まれている。中央のプレートに描かれた、両手を力強く天に突き上げる黒い大統領《ブラック・プレジデント》の肖像が、夕刻に差し掛かったいまは赤い太陽の光を受けて火の精霊に姿を変えている。

「後ろに並んで」入場口を通過しようとするアッシュをモギリがいさめた。「並んでくれないと入れないよ。こっちもビジネスだ」

「アジボエ、いいんだ」支配人のオラディポがやってきて彼をたしなめた。「その男はいつでもフリーパスで入れてやれ。悪いなアッシュ、新人なんだ。なかなか来ないから寂しかったよ。もっと顔を見せて。Ｙｏ、今日もイケてる」

「あんたこそヒップだぜ。その真っ赤なスーツ、ブルーのタイもよく似合ってる。コンゴのサプールみたいだ」

「アッシュ、あんたも関わったっていう例の映画のことだけど、反響は過去最高。敢えて言わんでもこの熱気が証明してると思うがね」

「俺は些細なきっかけを作ったに過ぎないさ」

「些細だって……とんでもない」オラディポは首を横に振った。「あんたは大昔のレアもののポルノ映画を発掘《ディグ》して、提供してくれた。それが〈映画監督〉に霊感を与えた。断言してもいいけど、あんたなくしては『アフリカの祈り』は完成しなかった。これは本当のことだよ」

名うての焚像官《リムーヴァー》として保全局に属しながら、同時に労働者層《ゲットー》に違法の物品と情報を横流しする——この数年、アッシュはそんな二重生活を送ってきた。アフリカ・シュラインに秘密裏に収蔵されたポルノ・ムービーの大半は、アッシュが発掘《ディグ》し、押収した品物だ。焚像官《リムーヴァー》の仕事と権限がこの難業を実現せしめていた。〈映画監督〉をはじめとする多くの映画人が横流し品を参照し、新作映画のアイデアの糧にしてきた。

「誰にでもできることじゃない。あんた、マジで肝が据わってるよ。政府の巣んなかを引っかき回すなんてさ。さあついてきて！」

未だ日の名残りの光差し込むフロアは、既に満席状態だ。多くの労働者層《ゲットー》がここに集い、パームワインを飲みながら談笑している。

「ボスが会いたがってた」客の間を縫って進みながら、オラディポは背後のアッシュに言った。

「奴はいつもの場所……」

「もちろん。いまもシリアスなツラでオーディションの真っ最中だろう。ヘイボーイ、楽しんでる……」

オラディポはすれ違った男の尻を小走りで追いかけていく。

「ベイビー、よかったら一緒に写真撮らない……ヘイヘイ！　おっと、じゃあまあ楽しんでいってくれよ、アッシュ。愛しの発掘屋《ディガー》！」

「よしお前！　個室に入ろうとするな！」

便所に入るや否や、罵声に似た言葉が飛んでくる。

「いいからこっちに来てズボンをおろすんだ。自慢の槍《オコ》を晒してみせろ！」

声の主は遅れてアッシュに顔を向けた。

「なんだ、アッシュか」

「なんだじゃない。あんた、何やってる」

三人の男性が半笑いで用を足している。大男は彼らの背後をうろうろと歩き回っては、隻眼で男達の性器をじろじろと覗き込む。大男の右目はブラックレザーの眼帯で覆われている。でかい図体を包むのは白い無地のTシャツ、首から垂らした厳ついゴールドのチェーンには精巧なライオンのチャームがついている。

「フゥム、スタンダード、スタンダード、トゥー・スモール。アッシュ、明日は曇りか雨だぜ」

「占い《ワーシップ》……」と鼻で笑う。

「そうでもしなけりゃやってられねえ。お前と一緒さ、アッシュ。こいつは発掘《ディグ》、原石探しだよ。

股間に隠されたダイアモンドを探り当てたいのさ。ロマンだろ……」

「強面の巨漢に軍曹《サージェント》よろしく監視されてりゃ、自慢の槍《オコ》だって萎縮しちまうと思うぜ。違うかい、兄弟……」

「ちげえねえ」用を足す男の一人が照れたように笑った。残り二人も釣られて照れ笑いした。

大男は槍《オコ》の観賞が趣味だった。要するにヤバイ奴なのだ。

半年前、公権力による弾圧が強行された。彼の邸宅に保全局員が押し入り、男はポルノ所持と未成年者相手の淫行の疑いで逮捕された。政府が労働者層《ゲットー》の暴動を懸念したため感化院《キリキリ》への収監は免れたが、それでも三ヶ月を獄中で過ごすはめになった。結局、証拠不十分で釈放された。罪状のいずれも警察の自作自演によるものだったのだから当然だ。だがシャバに戻った時には体の傷が投獄前の三倍になり、右の眼球は失われていた。

この仕打ちに労働者層《ゲットー》は怒りの炎を燃やしたが、収監された本人はどこ吹く風で、出所の翌日にはもう新しい映像を撮り始めた。ある者は彼を「ポルノの帝王」と呼び、またある者は「猥褻《ナフテイ》なギャングスタ」と呼ぶ。通称〈映画監督〉——名をブギ・ナイツという。

「来いよ。上等な大麻《トニー・タイガー・クッシュ》をやりながら話そう。マダガスカルから取り寄せたとっておきさ」

ショットグラスの蒸留酒《アペテシ》を、めいめいコンクリートの床に少し垂らして神に捧げる。そして掲げた。

「持て余した性欲に」とブギ・ナイツが言う。

「持て余した性欲に」とアッシュも応じた。

一気にあおると喉の奥で火の精霊が歓喜に舞い踊る。ブギ・ナイツが寄越した紙巻き煙草を吸い込むと、トニー・タイガー・クッシュが織りなす熱帯夜の夢が頭のなかに立ち上がる。

とうとうケツに火がついた、と打ち明けても、ブギ・ナイツはいくらも動じた様子を見せなかった。

「Yo、あんたどうして、モザイクなしの本番《ハードコア》をやらかした……」とアッシュは訊ねた。

「決まってる」とブギ・ナイツが言う。「民衆がそれを求めたからさ」

ブギ・ナイツが満を持して、過去最大の燃料を投下したのは一週間前のことだ。彼の監督最新作『アフリカの祈り』には、驚くべきことに、二〇五四年以来固く禁じられてきた本番シーンが収められていた。ダブル主演を演じた旬のスター両名は監督たっての要望を受け入れて覚悟を決め、空前絶後のショッキングなシーン、その言葉を口に出すだけで高い崖を飛び降りるくらいの勇気がいるもの、すなわちキスシーンを、鬼気迫る熱演とともにやりきってみせた。

ブギ・ナイツはシーンを撮り終えた直後、興奮のあまりメガホンを床に叩きつけて破壊し、すぐさま役者たちのもとへと走り寄って「あんたらマジ最高」と叫びながら厚い抱擁《ハグ》を贈る淫行に及んで撮影現場の空気を凍りつかせた。あまつさえこの男は、本番映像《キスシーン》を一般公開するにあたり、男女の唇の接触面にモザイクをかけることさえ拒否する暴挙に打って出たのだ。

「俺たちはモザイクの壁を突き崩す必要があった。お前のおっかないイボ人のボスが何と言おうとな」

ブギ・ナイツは底知れない笑みを浮かべたまま、上等な大麻《TTK》をたっぷりと肺に送り込み、吐き出して頭上にでかい雲を作った。そしてアッシュに訊ねた。

「昨今ラゴスの海賊版販売人《コピーキャット》のあいだで噂になっている匿名作家のことを……」

近頃この街の仲買人《ブローカー》たちのあいだでまことしやかに囁かれる噂を、アッシュも再三耳にしていた。

「自身の作品を公には発表しない正体不明の天才映像作家。呼び名は確か――」

「――『神の手が触れた者《エバミ・エダ》』」とブギ・ナイツが引き継ぐ。「彼の手による超短時間の断片的な映像は、最新のあらゆる情調映画《ムーディーズ》より強く視聴者の情調《ムード》に作用するという」

　生体都市は完全環境を整えて市民生活のすべてを保障する代わりに、市民から生殖と牙を奪った。都市全域の肉壁《オディ・エラン》に穿たれた気孔《ストーマ》から散布される『情調抑制剤《パウダー》』は、全市民の情調《ムード》に常時働きかけ、気分を幸福と安定、平常心に固定して反抗心を持つことを固く阻む。

　その作用を覆すことは絶対にできないはずだった。だがどういうわけか労働者層《ゲットー》は立ち上がったのだ。政府への抵抗運動を開始した。

「彼の手による作品群は通称『神映像《X・ビデオ》』と呼ばれている。鮮烈な映像体験が、まるで神《オリシャ》に触れるような心地――『神感《イフェ》』をもたらすからだ。一説によれば、神映像《X・ビデオ》の鑑賞こそが情調制御《ムードコントロール》の檻から脱獄するための絶対条件なんだとか」

「おいおい、頭打ちになった途端に神頼みか……」

「一発逆転、アディショナル・タイムの奇跡のハットトリックさ。ベットする価値があると思うね。この都市の全市民を運動に動員するのさ。ちなみに奴の手による作品は、ラゴスの海賊版販《ブート・ディ》売店《ーラー》に無作為にばらまかれてるという」

「安っぽい都市伝説《アーバンマイス》さ」

「そうでもないさ。実は先日、俺が懇意にしてきた仲買人《ブローカー》の一人が、それとおぼしきブツを入手したと報告をよこした。曰く、ディスクの色はブラック、それもすべてがメーカー刻印のないノーブランドもの《顔ナシ》だと」

アッシュは目を見張った。

「ちょっと待て、そりゃあ——」

心当たりがもろにあった。

「奴さん、マココの海賊版販売人《コピーキャット》にそいつを流したそうだ」とブギ・ナイツはつづけた。

「マココ」

「マココが、どうかしたかい……」

「つづけたまえ」平静を装ってアッシュは言った。

「早速『三角テント』の店主に問い合わせたんだが、泣いて謝ってきたよ。一足先にやってきた保全局の焚像官《リムーヴァー》に、押収されちまったってな。聞けばその政府の忠犬、ブレイズヘアのロケット・スケーターなんだと」

降参だ、とアッシュは両手をあげた。

ブギ・ナイツがニヒルにほくそ笑む。「どうして名乗らなかったんだ、焚像官《リムーヴァー》……『裏の顔は発掘屋《ディガー》だぜ』って、三角テントの店主に」

「ただでさえ官能率の上昇で局に怪しまれてるんだ。これ以上リスキーな真似なんざできやしないさ」

「それで……事前情報もなく、お前はどうしてそのディスクが怪しいと……」

しばし迷ったが結局、「ピカピカ光ってた」と感じたままを伝えた。「その光を見てるだけで、ハッピーオーラに充たされていくのを感じた」

「なるほど。ディスクがお前の情調《ムード》に働きかけてきたってわけだ」とブギ・ナイツは言った。

「噂通りの効能だな。おめでとう、いまこの瞬間、都市伝説《アーバンマイス》は現実に変わった。眉につけた唾はあとで洗って落としとけ」

そのとき、上映スタッフがくわえたブブゼラが、象の鳴き声に似た高らかな音色を響かせた。

上映開始の合図だった。

テーブルでくつろいでいた者は席を立ち、外で露店を営んでいた者まで仕事を切り上げてやってきた。たちまちシネマスクリーンが設置されたステージ前に人の波が押し寄せた。

ブギ・ナイツ最新監督作『アフリカの祈り』の上映が開始されるのだ。

主演は二人、坊主頭《シェイヴド・ヘッド》に真紅のサソリのピアスをつけた逞しい大女ナイジャと、「ナイジェリアに生まれ直したリバー・フェニックスの転生者」と称されるアフロ・リーゼントの貴公子リル・オイェだ。映画が始まり、冒頭の場面で初めて二人が同じ画角に収まると、ただそれだけで早速、ワールドカップの熱狂にも似た大歓声がフロアを包み込んだ。

アッシュは涙袋通信端末《ティアバグ》を操作してブギ・ナイツの端末と回線を繋いだ。集音設定をノイズキャンセルに切り替えるとたちまち映画と観客は後景化し、二人だけの世界に変わる。

「ブツはいまも手元に……」とブギ・ナイツが訊く。

「ここにある」メッセンジャーバッグをぽんぽんと叩いた。

「その様子じゃ映像の中身はまだ確認してないようだが……」

「試しちゃみたさ。だがプレーヤーがエラーを吐いた」

「情報屋どもの話によれば――」ブギ・ナイツは弛緩した顔で最後の煙を吐き出し、紙巻き大麻を灰皿に擦りつける。そしてつづけた。「――これまでに発掘《ディグ》された神映像《X・ビデオ》には共通点があるそうだ。なんでも、記録ディスクの規格が一風変わってるそうだ」

アッシュは眉をひそめて訊ねる。「ＤＶＤじゃないのかい……」

ブギ・ナイツはこくりとうなずき、「ＶＣＤさ」と言った。「ＤＶＤの登場よりもさらにさかのぼること三年、一九九三年に流通を開始するも、半端なスペックのためさっさとメインストリームを追われたデッドメディアさ。聞いて驚け、その容量はわずか６５０ＭＢ。画質も音質も極めて劣悪、おまけに最大録画時間も七十四分しかないから真っ当な映画の一本さえも収めきれない。淘汰されるべくして淘汰された科学遺物《アーティファクト》ってわけ。保全局支給の最新のプレーヤーがメディア対応してないからって、非難してやるなよ……」

「合点がいったぜ」アッシュはＶＲ上に表示された［規格外］の文字を思い出しながら言った。

「お手柄だな、名探偵」

「いまならVCD対応プレーヤーもセットでお付けしましょう」

「で……対価にあんたは何を望む……」

「おたくと一緒に映像をチェックする権利をリクエストするぜ。どうだい、悪い話じゃないと思うが……」

「乗ったぜ」

「交渉成立だな」

涙袋通信端末《ティアバグ》による通信を切断して密談を終え、拳を打ちつけ合った。

「仕事の話は終わり」とブギ・ナイツが言う。「さあ、映画を愉しもう」

スクリーンの中では、ポルノスターたちがヌーの毛皮の上で睦み合いを始めたところだ。ナイジャがその長く骨張った小指の先端でリル・オイェの耳孔をこしょこしょと愛撫する。無論、モザイクはなし。ついに二人の唇が重なり合うと、観客がどっと沸いた。女たちは髪をかき乱して黄色い悲鳴をあげた。男たちはめいめい力こぶをつくって見せつけ、「イエス」と叫んだ。アッシュは何杯目かの蒸留酒《アペテシ》を一気飲みした。最高の夜だった。

何の前触れもなく、機関銃の掃射音が愛と笑いの夜を切り裂いた。

スクリーンの中の出来事じゃない。銃弾が柱に噛みついた。テーブルが壊れ、椅子がはじけ飛んだ。シネマスクリーンがびりびりに破け、愛を貪りあうポルノスターたちが蜂の巣になった。

アッシュはブギ・ナイツの背中に覆い被さった。直後、脇腹がかっと熱くなる。

「アッシュ！」

焚像官《リムーヴァー》の脇腹に咲いた真っ赤なハイビスカスの花を凝視しながら、ブギ・ナイツが叫んだ。即座に立ち上がり、映画監督に手を貸した。「走れ」

バーカウンターの死角に飛び込んだ。

「大した怪我じゃない」と問われる前に答える。「きっちり手当てすりゃあ三日で治る」

顔に浮かんだ狼狽をわずか一・五秒で払いのけて、「確かにな」とブギ・ナイツは言った。

「お前のそれ、まったく大したことないぜ」

映画監督は手早くTシャツを脱いで引き裂き、アッシュの腹に巻いた。

「そのチェーン、イケてる」とアッシュは言った。

精悍な黒い肉体に、ライオンのついた金のチェーンがひどく映えた。

「くれてやってもいいぜ」と彼は答えた。「このクソな状況をサヴァイヴしたらな」

機関銃の雨が永遠と思えるほど長く降り注ぎ、止んだ。カウンターから僅かに顔を出して周囲をうかがった。多数の犠牲者が体じゅうから血を噴き出して倒れている。『アフリカの祈り』のエンドロールが、裂け目だらけのスクリーンを上から下へ流れていく。

潜水服に似たタクティカルスーツを着込んだ保全局の兵士たちが、フロアのぐるりを囲むキャットウォークにずらりと並び、階下のフロアにアサルトライフルの銃口《マズル》を向けている。

「何でも相談してって言ったのに」

その言葉とともに、クローシュ帽の女がキャットウォークの先端に進み出た。

「なのにどうして一人で行動しているの、私に何の断りもなく……」

誰に問うているかは、訊かずとも明らかだ。

「信じてたのに、教化されたの……ちがう……ならすぐに姿を見せて。そして態度で示して。私を納得させて」

アッシュはブギ・ナイツの制止を振り切って、死角から顔を出した。銃口《マズル》の熱視線を一身に浴びながら、「やあブリュネット」と同僚に呼びかけた。

「ハイ、アッシュ」ブリュネットも優雅な笑みをたたえて応じる。「ご機嫌いかが……」

「悪くない気分だね。いまのいままで上映会をやっていたのさ。〈映画監督〉の超ヒップな新作映画、君はもう見たかい……」

「もちろん私は見てないし、そんな話はしたくもない」

「俺は見たぜ。しかも、何度もな」

「それはそれは勉強熱心だこと」偽の笑顔がピキピキ引《ひ》き攣《つ》っている。「要するに貴方、連中がどれだけ愚かかをわかりたいのね。そうすれば躊躇なく殺処分できるものね。さあ、やって見せて頂戴。貴方の手でけだものを血祭りにあげるの」

「まあ待て。その前に映画のレポートを共有したいのさ。『アフリカの祈り』の過激さと悩ましさについて。何せ君は同僚だからな」

「結構よ。中央貯蔵塔《ストレージ・ジヒル》に戻ったらボスがたっぷり聞いてくれるわ。独居房のマイク越しにね」

「最高にクソな出来映えだった」

「聞かないって言ってるの」取り戻しつつあったエレガントさをなげうってぴしゃりと応じる。

それでもなお引かずにつづけた。「何せ、上映が始まって最初に登場するのはプロの役者じゃない。聞いて驚け、素人《ガールネクストドア》だ」

優雅さの仮面は完全に崩れ去る。素人《ガールネクストドア》。露骨すぎるその言葉に、ブリュネットは強い衝撃を受けた。ガーン。

「やめて」恥じらいに頬を歪めた。

「主演俳優のナイジャを知ってるか」やめない。「ここ数年で一気にスターダムを駆け上ったノリウッドの看板俳優さ。同性・異性のいずれも愛でるバイセクシュアルで『両刀使い《AC/DC》』の異名をとる」

背徳的な言葉を繰り続ける。

「今回、彼女の役どころは軍人《ミリタリー》さ。泣く子も黙る百戦錬磨のナイジャ隊長がなんと！　リル・オイェ扮する、見てくれは小汚いが閃き冴え渡るナードな機械工《メカニック》とくすぐり合いっこ《チックリング》するんだ。信じられるか……決して交わるはずのなかった二人の運命が一つに重なった時、観客の心もまた一つになった。皆口々にヨルバの神々に捧げる真言を声高に唱え始めた——オドイア。アオ・ボボイエ。ラーロイエ。カウオー・カビシレ。中には白目を剝いて失神する奴までいたぜ。まったくどうしようもない奴らだ、不道徳的なことこの上ない」

あまりのことにはらりとよろめいたブリュネットの体を、傍らの部下が三人がかりで支えた。

「どうかしたかい……」アッシュは好色な流し目を送りながらブリュネットに訊ねた。

「体調が悪いの。誰かさんのせいでね」

「お大事に、我が友《オルク・ミ》。ところで今日のこれ、ボスの指示かい……」

「これは私が勝手にやったこと。ボスのやり方じゃ生ぬるいわ」

「そいつはよかった。つまり成果を上げられずとも責任は問われないわけだ。だったらいますぐ仕事を切り上げて撤退することをおすすめするね」

ブリュネットは鼻で笑おうとした。だがうまくいかなかった。その代わりに、口をあんぐりと開けて裂けたスクリーンに見入った。

アッシュはこのときを待っていた。時に映画は、エンドロール後に企みを仕込む。短いおまけや続編の予告、あるいは驚愕のどんでん返しなどだ。

『アフリカの祈り』もそうだった。

本番映像《キスシーン》ダメ押しの一発。しかも互いに身体を密着させた、より激しいプレイだ。「に、二回戦」と惨劇のフロアを生き残った誰かが、戦慄とともに呟く。二つの肉体の密着面積のあまりの大きさに、ブリュネットだけでなく、この場を包囲する保全局の兵士全員が動揺を露わにした。どいつもこいつもまったくの阿呆みたいに大口を開け、幻術から逃れようとでもするかのように目をぱちぱちとしばたたいた。

絶句がシュラインを充たすなか、ブギ・ナイツはただ一人、両手の人差し指と親指をたてて指フレームを作り、画角を設定した。

「レディ――」

隻眼でフレームを睨みつけながら映画監督が言い放つ、

「アクション！」

ブギ・ナイツの合図と同時に再び沈黙が破られる。アフリカ・シュラインは労働者層《ゲットー》の牙城だ。いつ何時襲撃を受けても、すぐさま抗戦できるよう常に準備を調えている。機関銃の音がけたたましく轟いた。労働者層《ゲットー》の戦士《ジャグンジャグン》たちが、ライブハウスを取り囲む塀を乗り越え、なだれを打って押し寄せる。高い塀の上には、外から立てかけられたいくつもの梯子の先端が覗いていた。労働者層《ゲットー》の小銃が一斉に火を噴いた。数人の保全局兵士がまとめてキャットウォークから転落した。そのうちの一人が背中でテーブルを真っ二つにたたき割り、錯乱の叫びとともに天井に向かって機関銃をぶっ放した後、泡を吹いて気絶する。

アッシュとブギ・ナイツは仲間たちの激流に飛び込み、ステージ袖の非常出口へと走った。リーダー格の二人組と鉢合わせる。

「裏通りに車を待たせてある」ヘアスタイルをリーゼントできめ、ヘビ革のジャケットを身にまとったリル・オイェが言う。「好きに使ってくれよ」

「オフでもキマってる」とアッシュは彼のヘアスタイルを讃えた。そして二人組のもう片方、坊主頭《シェイヴド・ヘッド》の女戦士に目を向けた。「恩に着るぜ」

「貸しにしておくよ」と言ってナイジャはニヒルに微笑んだ。耳元でサソリのピアスが揺れた。

「今度レモンとココナッツのパウンドケーキが食べたいね。オジョドゥに美味い隠れ家店があるんだ」

「お安いご用さ」とブギ・ナイツが請け合った。「お互い生き延びたらホールでご馳走しよう。

ローソクも立てるかい……」

「そのままプレイになだれ込むとか」とリル・オイェが提案する。

「たくさんのフルーツに生クリームも使って……」とアッシュが軽口をかぶせる。

「カメラ準備しときなよ、監督」とナイジャがブギ・ナイツにウインクを送った。

ポルノスターたちは殺戮の嵐の中へと消えた。非常口を出ると日は落ちて夜の帳が降りている。四つん這いになり塀の底に穿たれた小さな穴をくぐり抜けると、裏通りにエンジンのかかった車が停まっている。普段はタクシーとして乗客を運ぶワンボックスのイエローバスだ。開いた窓から運転手が声をかけてくる。

「お客さん、どちらまで」

豹柄のアロハを着て、目元をギークな高感度暗視スコープで覆っている。

「ワオ、あんたか」とアッシュは言った。「何とかなりそうだな」

後部座席に乗り込んだ。ドライバーは豹《エクン》と呼ばれる男だ。かつてラゴス・ギャング御用達の逃がし屋として名を馳せた悪党《サグ》だ。

「北の郊外にセーフハウスがある。口頭で道案内する」とブギが言った。

「Ｅｈｅ《エヘ》」とイボ語で了承を告げるとともに、ヘッドライトもつけぬまま豹《エクン》は、アクセルを思いきり踏みこんだ。イエロータクシーは闇夜においても狩りの獲物を正確無比に追い詰める豹のごとく、網の目のように張り巡らされた視界の悪い路地のみを敢えて選び取り、暗闇を走り抜ける。イケジャ地区から北のオジョドゥへ。そこから百キロ先の大都市イバダンへとつづくラゴス－

イバダン高速道路に乗ると、渋滞車輛が形成する豊かなイエロータクシー樹林の樹木の一本に擬態する。

バックミラーのなかの豹《エクン》と目が合う。

「怪我してるな」とドライバーは指摘した。

「すまない、車を汚しちまった」とアッシュは答えた。

腹に巻いたブギ・ナイツの白Tは真紅に染まり、シートまでびっしょり濡らしていた。

「いいさ。その代わりと言っちゃあなんだが、生き残ったらナイジャ・オビンナを紹介してくれ。大ファンなんだ。腕にサインしてもらいたい」

文字が消える前にタトゥー屋に行き、サインをなぞって刺青を彫るのだ、と豹《エクン》は言った。

ブギ・ナイツは爆笑して「イカレてる」と言った。「ところで、あとであんたの槍《オコ》を拝ませてもらっても……」

「努々《ゆめゆめ》気をつけろよ、豹《エクン》」とアッシュは蚊の鳴くような声で言った。「監督はあわよくばあんたに一肌脱いでもらおうって算段らしい。文字通りの意味でな。なるほどあんたは『逃がし屋』で通ってるが、何を隠そうこの男は、悪名高い『脱がし屋』なのさ」

映画監督は再度大声をあげて笑った。「お前はまだまだ死なねえだろうよ。そんなクソ生意気な口が叩けるならな!」

オガン川がほとんど円を描くように歪曲して生じたポケットのなかに建ち並ぶかつての別荘地《ヴィレッジ》

のなれの果て、砂塵でぼろぼろになりうち捨てられた廃屋の群れのなかに、ブギ・ナイツのセーフハウスは建っていた。

コンクリート打ちっぱなしの建造物を取り囲む塀の内側には、大きな石をくりぬいて造った祠《ほこら》があり、なかに神聖なる発電機が鎮座している。生体都市の外で光と熱の恩恵を得るための唯一の手段だ。ブギ・ナイツは発電機を蹴っとばしてガソリンが揺れる感触を確かめると、スターターハンドルを勢いよく引っ張ってエンジンを始動させた。

生きて再会する約束を取りつけて豹《エクン》を見送り、二人は屋内に入った。ブギ・ナイツはアッシュをリビング・ダイニングのソファに座らせると、早速治療の準備を始めた。短刀《オベ》と救急箱をセンターテーブルに並べ、セラーからテキーラの酒瓶を持ち出して栓を開ける。

「アッシュ、裸になるんだ」

ダシキを脱いで露出した脇腹の傷に、ブギ・ナイツはためらいなくテキーラをかけた。銃創に刃をあてがい、肉をねちねちと切り刻む。アッシュは歯を食いしばり耐えた。

「うめき声一つあげないとは大した奴だ」

ブギ・ナイツは摘出した血まみれの銃弾をアッシュに差し出した。かぶりを振ると人差し指でぴんと弾く。弾はキッチンシンクに着地し、ステンレスの薄板を叩いて軽薄な音を響かせた。その後ブギ・ナイツは一息つくまもなくキットのなかから針と糸を取り出し、傷口を器用に縫合してゆく。

「手慣れてる」とアッシュは言った。見事な手際だ。最後に包帯を巻いて処置が完了するまで僅か十分の早業だった。

「物騒な生活《サグ・ライフ》は屑《バスタ》を医者《ドクター》にするのさ」

とブギ・ナイツは答え、ライオンのチェーンを外すと、アッシュの首にそれを巻いた。イカつい見てくれ通りにどっしりと重たかった。その重みに耐えかねるように、アッシュはソファに倒れ込んだ。座面はいまや水となり、アッシュを深く静かな場所へと導く。

「どうやら充電切れだ」と告げた。

「Ｙｏ、ンナーク」とブギ・ナイツが音声ＡＩアシスタントに呼びかける。「音楽をかけてくれ。チルできるナンバーを頼むぜ。何せ、たまらなく熱い夜だった」

「Ｙｏ、ブギ。任せときな」

ダウンライトに内蔵されたスピーカーから親密なジュジュミュージックの雨が降り、アッシュの体を包み込む。

「お疲れ様。ゆっくり休め。今後も当面、タフな日々がつづくんだろうから」

5

目覚めるとやけに低い天井の下にいた。クイーンベッドの真っ白なシーツの傍らでブギ・ナイツが寝息をたてている。上半身を起こすと脇腹が疼き、失念していた痛みの感覚がぶり返す。

「お目覚めかい、ビッチ」とブギ・ナイツが目を擦りながら言った。

聞けばこのベッドルームは、跳ね上げ式の梯子で上る屋根裏の秘密の部屋だという。理由は寝込みの襲撃を回避するため。テロリストの発想だ。

「貸しができた」とアッシュは言った。

「何よりだ」とブギ・ナイツは言った。「前に断られた映画出演の件、改めて書面を送るぜ」

跳ね上げ梯子を一階に降ろすとブギ・ナイツは、アッシュを振り返ってにやりとほくそ笑んだ。

「Yo、アッシュ。お前は怪我人な上に朝っぱらの起き抜けだが、もう頭は冴えてるかい……」

表情と思わせぶりなセリフだけで、映画監督の言わんとしていることが大体わかる。

「上映会を始めよう」とアッシュは言った。ブギ・ナイツはひゅう、と口笛を吹いた。

もし世の中に倦んだときは、この部屋に引きこもって一生を過ごそうと思ってた――主がそう話す一階の書斎兼シアタールームは、さながら映画監督の頭のなかのようだ。大量のハードカバーにパルプマガジン、アメコミにバンドデシネ、床が抜けそうな本の山。ヨルバ、イボ、ハウサが混然一体となった呪術人形や木彫り彫刻のコレクション。透明なコレクションケースの中でめいめいポーズをキメているのは、彼が少年期より愛情を注ぐカンフーヒーローのフィギュアたちだ。

ブギ・ナイツは機材棚からレトロなトマトカラーの筐体を引っ張り出してセッティングを行った。アッシュがマココで押収した黒い円盤を受け取り、ディスクドライブに挿入する。時代遅れのVCDが小さな軋みをあげて回転を始めた。映画監督が生唾を呑み込む音が聞こえた。会話が途切れると、また脇腹の傷が疼き出して、アッシュは大きく息を吐き出す。
何の前置きもなく——ロゴムービーも、新作のプロモーションも、映画泥棒の登場もなしに、映像は唐突に始まった。

＊

砂漠化に追われ死にかけたサバンナの夜、土色のダシキを纏った部族の男が焚き火をしている。

カメラは男の姿をフルショットで捉えている。カメラアイは低く、地面から一メートル強の高さに設定されている。男の体は痩せて骨ばり、老化の進行をうかがわせるが、まだ壮年といってよく、ところどころにまとったつつましい筋肉はジャッカルのようにしなやかで美しい。

男は立ち上がるとダシキを脱いで地面に落とした。腰巻きだけの姿になると、傍らに寝かせた槍を取り上げて、歩き出した。

カメラが男を小走りで追いかける。手ぶれが激しく、進むたびに画面が揺れる。だが前をゆく男の速度に追いつけない。彼は枯れ草の闇のなかに消えてしまう。

画面がひときわ激しく揺れ、大きな音をたてる。カメラは枯れ草をアップで捉えたまま静止画に。焦点が合わずぼやけている。カメラマンが機材を落っことしたのかもしれない。

やがてノイズ混じりの少年の嗚咽が聞こえてくる。

カメラマンは泣き虫のガキなのだ。

暗転。薄暗い画面がさらに黒く塗りつぶされる。

新たなシークエンスがすぐに始まる。フレームのてっぺんにおぼろな月がある。カメラは月を見上げている。だがすぐ雲に隠れて見えなくなる。

それからカメラは水平に戻る。再び焚き火が映し出される。男が土色のダシキを背に羽織って座っている。今回は以前よりも距離が近いバストショットだ。

男の肩が小刻みに動いている。くちゃくちゃと水気を含んだ生々しい音。それから硬質な金属の音がリズムよく響く。トトン、トン。

その音に反応してカメラ角度が下降するとともに、雄ハイエナがフレームインする。あぐらをかいた男が握る剣鉈《バンガ》の刃先が、仰向けに横たわるハイエナの死体の、切開された腹のなかをまさぐる。剣鉈《バンガ》が肉を削ぎ、骨を砕き、取り除く。灰色の蜥蜴が一匹、死骸のすぐ傍を走り抜けて背の低い草地に消える。刃に付着した血と脂と細かい骨片を払う。トトン、トン。

「よし小僧」

と男が呼びかける。アイレベル上昇。接写。男の横顔。

「内臓を取り出せ」

裂けたハイエナの腹部にクローズアップ。躊躇いの十数秒。

「大丈夫だ」C－アップはそのまま、「呪い《エグン》をかけた」と声だけの存在になった男が言う。「こいつの魂は悪さできない」

フレーム下部から腕が伸び出す。小さな子供の手がハイエナの肉のなかに滑り込む。手首、肘まで、二の腕まで。獣の腹部が蠢《うごめ》く。幼い手が躊躇いがちに漁る。沈黙がしばし画面を制圧する。薪が爆ぜる小気味よい音が夜の匂いをかぐわせる。

少年が濡れた腕を引き抜く。手のひらを上にして開く。真紅に染まった象牙の首飾りが載っている。

「やった《ダ》ぞ《ラ》！」と男が叫ぶ。

カメラは男の顔をアップで捉える。男は破顔する。イッヒッヒッヒ、と声をたてて笑う。

「間違いなくキボのものだ。これであの子の魂は浄化される。ようやく叶う。精霊《ヴォドウン》のもとへゆけるのだ」

男の顔の超クローズアップ。笑い顔が瓦解する。イッヒッヒッヒ、という気味の悪い笑い声が、だんだんと嗚咽に取って代わられる。とうとう男はしくしくと泣き出す。それ以外に表現のしようがない。年甲斐もなく、しくしくとだ。

――無理もない、とアッシュは感じる。娘の死に涙を流すのは当たり前のことだろう。

直後、疑念が追いかけてくる。どうしてこの男の娘がハイエナに食い殺されたと知っている。

神映像《X・ビデオ》がアッシュの心の深層から記憶の泥をすくい上げる。

ハイエナの血に染まっていない、少年のもう片方の手が、むせび泣く男の頬に伸びる。指先が男の目元に触れる。生温かい感触、とアッシュは感じる。直後、映像は再び暗転する。

*

VCDが回転を止め、完全な沈黙がシアタールームに降りた。収められた映像は短く、十分にも満たなかった。

「正直に言って戸惑っている」とブギ・ナイツは言った。「間違いねえ。これを撮った奴はずぶの素人だ」

アッシュは反論しなかった。素人目にもそれがわかった。

「にも拘わらず、映画は強烈なある種の斥力を持っている。作品としての良し悪しとは関係がないんだ。生体都市によってあらかじめ調整された情調《ムード》を解きほぐそうとするかのようだ」

「情調制御《ムードコントロール》の檻からの脱獄……」アッシュは神の手が触れた者《エバミ・エダ》にまつわる都市伝説《アーバンマイス》を追認するように言った。

「抗いようがなかった。はっきり言ってこいつは気孔《ストーマ》の比じゃない」と情調抑制剤《パウダー》を散布する生体都市の制御機構を引き合いに出して言う。「だが同時に不気味だ。何せ、そもそもこいつは肉壁《オディ・エラン》のようなハイテクの産物じゃない。単なるVCDなんだからな」

ブギ・ナイツは興奮を隠さずさらにつづけた。

「いますぐ作者をここに呼んで問いつめたいね。叶うならいくら札束の山を積み上げたっていい。奴の靴がどれだけ汚れていようが喜んで舐めてやる。神感《イフェ》の秘密を、そっとこの耳に囁いてくれるなら」

「熱くなってるところ悪いんだが」とアッシュは言った。「映像を見ていて一つ気づいたことがある。喋っても……」

「もちろんさ」

「あのダシキの男を知ってる」

ブギ・ナイツは眉間に皺を寄せてアッシュをガン見した。「何だって……」

「彼はこの国の中央部、いまは砂漠に呑まれた乾燥地帯《サヘル》の一角に住まう部族の呪術師《ウンガン》だ」

「どうして知ってる」

「かつてともに暮らした」

赤土の乾燥地帯《サヘル》の小さな集落で、彼らは身を寄せ合うようにして生きていた。幼いアッシュもそこにいた。男は夜毎の執念深い狩りの末、ついに幼い娘を喰らったハイエナを見つけて形見の首飾りを取り戻した。偉大なる呪術師《ウンガン》、勇敢なる戦士にして博識な賢者——映像の男は他でもない、幼少のアッシュを育て、後に追放した弓《オルン》の部族の呪術師《ウンガン》コイーバその人だった。

6

視界を塞ぐ砂嵐《ハルマッタン》の向こうに、墓標のような打ちっぱなしの無骨な直方体、円形に並んだ砂避《コン》け住居《テナ》の群れがぼうっと浮かび上がる。集落中央の分かれヅノ、雷に撃たれたブビンガの木は、当たり前にいまはもうない。

アッシュはセーフハウスで脇腹の怪我の治癒に三日を当て、その後ブギ・ナイツが用立ててくれたラクダで出立した。

三日三晩にわたる寝ずの強行軍を経て今日、アッシュは五年ぶりに故郷へと戻った。一つ目の建物に近づいた時点で甘い期待は打ち砕かれ、幾つかの住居を検めていくうちに諦観が心を充たした。砂避け住居《コンテナ》の網膜認証《レティナ・スキャン》システムは、長きにわたる砂嵐《ハルマッタン》の吹きさらしの中で完全に死んでいた。

村に残る者は誰もいなかった。弓の部族《オルン》は滅亡したか、あるいはかつての遊牧民としての性《さが》を取り戻し、砂嵐《ハルマッタン》を避けて新天地へと旅立ったようだ。

この五年で国土の砂漠化は一気に加速した。アッシュが半永久的に防砂フィルターが機能する環境完全都市《アーコロジー》のぬるま湯に浸かっているあいだ、砂嵐《ハルマッタン》はその獰猛さにますます拍車をかけていた。

体力の限界が近かった。目的地を再設定し、弓の部族《オルン》の集落を離れて東へ向かう。十五分後、砂塵の奥にそそりたつ標高五百メートルの巨大な断崖へと至る。

赤土の断崖の底に小さな洞穴が口を開けている。入り口にラクダを繋いで奥へと進んだ。湾曲するアーチ状通路の両側に、祖霊や動物霊を象った彫像が並ぶ。かつて弓の部族《オルン》が儀礼を執り行っていた場所だ。

柔らかな光が差し込む広間に出た。天頂部に五メートル四方の穴が穿たれ、防砂ネットが張ってある。採光用の穴の外で、砂の女王がヒステリックな悲鳴をあげている。その直下、洞の中央にそそり立つのは赤い幹を持つイボガの高木だ。その足下に岩を組み上げた竈《かまど》がある。

男がその傍らに座していた。炎が老いた肉体を輝かせる。横顔に無数の深い皺が刻まれている。隣には使い込んで黒ずんだ剣鉈《バンガ》が横たえられている。

「懐かしい顔だ」と老人は言った。

「随分と縮んだものだな」コイーバ、とアッシュは呼びかけた。

元々小柄な体がさらに小さくなったようだった。しなやかなジャッカルの肉体は時の流れのなかで失われた。眼光は曇り、白目の部分が黄褐色に濁っている。裸の上半身、その胸元でゆれる象牙の首飾りの風合いは、経年によりクリームの色合いをさらに深めていた。

「あんた一人か」と訊ねた。

「砂避け住居《コンテナ》はいまの砂嵐《ハルマッタン》に耐えられない」と彼は答えた。「弓の部族《オルン》は去った。私だけがここに残り、洞《うろ》の聖木に奉仕している」

「あんたに会いに来た」

「いまさらなぜだ」

「昔あんたは俺を捨てた」とアッシュは言った。「だが復讐のためじゃない」

ことの経緯を説明した。

「カラクタ空爆《ヘル》を止めるためには神の手《エバミ・エダ》が触れた者の力が必要だ。手がかりを辿るうちここに行き着いた。理由は神映像《X・ビデオ》に若かりし頃のあんたが映っていたから」

コイーバは剣鉈《バンガ》を摑むと、切っ先で赤土に呪《まじな》いのしるしを描いた。それから何かを宙に放り投げた。しるしの上でからから音をたてる。獣の骨だった。

「骨と骨が交差すると駄目だ」とコイーバは言った。「災いがある」

アッシュは地面に目を落とした。「交差した骨はない」

コイーバは再び口を閉ざし、目を閉じた。竈の薪がぱちっと爆ぜる。再び目を開けると彼は立ち上がり、高木《イボガ》の足下の根皮を剣鉈《バンガ》で剝いで集めた。

「アッシュ。精霊《ヴォドウン》の導きに従い、お前に死者との対話を許そう」

めいめい根皮を一切れ手に取り、葉巻のように口にくわえると、残りをすべて竈の火に放り込む。洞内いっぱいに煙が充満する。ガムのようにくちゃくちゃと根皮を嚙みしめながら、煙を吸い込みつづけるうち、アッシュは体にエナジーがみなぎるのを感じた。

砂の女王の悲鳴が徐々にフェードアウトする。極彩色の幾何学模様が空間のすべてを飾り立て、光の明滅を始める。アッシュはいてもたってもいられなくなり、立ち上がると服を脱ぎ捨て、光の明滅に合わせて踊り始めた。包帯を巻いた脇腹の痛みすらも遠ざかってゆく。

イボガの根皮に含まれるイボガインはアルカロイドの一種で、幻覚作用を引き起こす。死んだ肉親に会いたいとき、弓の部族《オルン》は『インドラ』と呼ばれるこの宗教儀式を執り行う。過去《イボガ》の名を持つ高木の力を借りて、死せる先達に教えを乞うのだ。少年時代、インドラの許可は一度も降りなかった。木の股から生まれたアッシュに肉親はいないから、というのがその理由だった。

アッシュは甲高い叫び声を上げた。気づけば走り出していた。彫像の並ぶアーチを抜け、外へと飛び出し、そして息を呑んだ。

＊

天に百億の星が満ちていた。一つの時代が終わり、また一つの時代がもうそこまで来ていることを告げる三つの星が、南の空に正三角形を形作る。砂嵐《ハルマッタン》は止み、乾燥地帯《サヘル》は凪の海原のように青い。

視界に映り込む広大な空間のすべてがつぶさに見て取れた。世界の解像度はインドラによって極端に引き上げられているようだった。遠く見渡せば生白い骨のような砂避け住居群《コンテナ》が、星明かりに洗われて立っていた。落雷に葬られたはずのブビンガの木が集落の中央に蘇り、星の世界で煌めいていた。樹上で二頭のチーターの夫婦が仲睦まじく寄り添いあい、日中の狩りで火照った体を鎮めている。

「弓の部族《オルン》はあらゆるものに神《オリシャ》を見出す」と声が言った。

振り返ると、土色のダシキを身に纏ったジャッカルが二本の足で立っている。

「神《オリシャ》は祝祭の日の食事に宿る」ジャッカルはコイーバの声でつづけた。「剣や鉈などの武器に宿る。近年は近代化が加速し、オリシャはタクシーの神に、ショッピングモールの神に、果ては自動運転車《ロボットカー》の神になった」

ジャッカルの呪術師が片足を上げ、踏みおろすと砂塵が舞い上がり、眼前の砂丘がこそげて小さな椀型の窪みが生じた。そこに埋まった物を彼は拾いあげる。

手乗りサイズの円柱形の筐体。

「即席爆発装置《IED》だ」とジャッカルは言った。

――神《オリシャ》は即席爆発装置《IED》にも宿る。

眼前にぼうっと、曖昧な人の輪郭が浮かび上がった。若い女であった。色鮮やかな糸で織られたダシキを身にまとっている。卵のような顔立ち、アーモンドの大きな目、ビーズで織った編み込みのヘアスタイルはそれ自体が一つの芸術作品といえた。

「私は新世界の礎とならねばならない」と女は言った。「私は道路となり、都市となり、塔となる。大地の息吹を吸い込み、人に分け与える天然自然の咎人となる」

束の間止んでいた砂嵐《ハルマッタン》が活動を再開する。奇跡の夜は終わり、遠いブビンガの集落も、眼前の女の姿さえ、砂塵の彼方へと消え去る。

*

ウォーターバックが四肢を縛られ宙吊りにされている。

香ばしい匂いに鼻孔をくすぐられ、アッシュは体を起こした。しばらくして理解が追いつく。インドラが終わり、世界が元の姿を取り戻したのだ。

再び舞い戻った洞のなかで、コイーバはウォーターバックの丸焼きの腹部に、剣鉈《バンガ》をあてて肉を削いだ。器用にかちゃかちゃと動かして刃先に刺すと、剣鉈《バンガ》の柄をアッシュに手渡す。

「食え」

かぶりつくと硬質な肉から僅かな肉汁が滲み出し、酸味と生臭さが口内に広がった。この数日、携帯食しかとってこなかった胃袋が歓喜に震えた。

コイーバは土を固めて作ったグラスに焼酎《オゴゴロ》を注ぎ、アッシュに片方を手渡すと、手元の杯をくいっと傾けて喉奥に液体を流し込む。

そして部族の長は静かに語り始めた。

「『九年戦争』が終結したのは二〇五三年の乾季のことだった。遠い南の大都市で、一人の女がテロリスト集団を従えて時の大統領を襲撃した」

——時刻は夜明けにほど近い午前四時。泥沼の九年戦争を引き起こした独裁者レナード・ディヴァイン・シャガリは歓楽街でナイトライフを満喫したあと、リムジンで帰途についた。前後に合わせて計六台の装甲車が張り付き、大統領護衛の任に就いていた。

リムジンがヴィクトリアアイランド南端の根城、超高層のエコ・アトランティックに戻る最後の四つ辻で、女テロリストとその同志たちは特攻に打って出た。

仲間がつぎつぎ凶弾に斃《たお》れるなか、女テロリストは細く美しい単分子ドリルでリムジンの防弾ガラスを貫き、車内に体をねじこんだ。両脇にインド人女をはべらせていたことが、大統領の命運を決した。ヒステリックに叫ぶだけの女の片割れを押しのけ、シャガリに組みつくと、女テロリストは懐に仕込んだ即席爆発装置《IED》を取り出して躊躇いなく起爆した。

「その女テロリストの名を……」とコイーバは訊ねた。

「ティワ・ネカ・アーヨ」とアッシュは答えた。肩をすくめながら、「この国に生まれた人間なら誰だって知ってるさ」と付け足す。

最も有名な英雄譚だ。独裁者を巻き添えに爆死し、九年戦争を終結に導いた英雄ティワ・ネカ。彼女の犠牲をもとにナイジェリアは新時代を迎え、『生体都市』が誕生した。

「落雷がブビンガの聖なる木を撃った」とコイーバは言った。

――精霊《ヴォドゥン》が宿るといわれる聖木だった。真っ二つに割れた幹から煙がたちのぼり、ブラックコーヒーの鋭い匂いがたちこめた。割れた木の底、土のなかに開いた穴に、生まれたばかりの赤子の姿があった。乾燥地帯《サヘル》の赤土が、子を産んだのだ。

「落雷が弓の部族《オルン》の村に落ちた時刻は、英雄ティワ・ネカが即席爆発装置《IED》を起爆した時刻と完全に一致する」

「インドラの儀式のなかで、ある人物に出会った」とアッシュは言った。「アーモンドの瞳とビーズをちりばめた髪を持つ若い女だ」

「それは誰だ」とコイーバは言った。

インドラを通じて、弓の部族《オルン》は死んだ肉親と交信する。

「あれは――」

「答えろ、アッシュ！　誰だ！」

アッシュは彼女を知っていた。独裁者のリムジンが爆砕した「革命の四つ辻」にはいまも彼女の精巧な銅像が建っている。

「――あれは確かにティワ・ネカだった」

コイーバを上目遣いに窺い、目を見張った。弓の部族《オルン》の呪術師《ウンガン》は泣き笑いの表情を浮かべている。アッシュの言葉にうなずいて肯定し、それから告げた。

「ティワ・ネカはお前の母だ」

「まさか」

「本当のことだ。あの娘は今際の際、精霊《ヴォドウン》の木の股にお前を託したのだ。そこから取り上げた瞬間、私にはわかった。生まれたときからお前の目はあれにそっくりだった」

アッシュは手元の焼酎《オゴゴロ》をあおった。そして訊ねた。「どうして俺を罠に嵌めた……」

コイーバは唇をわなわな震わせて口ごもった。そのまま五分ほど経過した。アッシュは粘り強く答えを待った。

「お前を畏れた」とコイーバは答えた。

「なぜだ」

「それは――」

また待った。

「あの母の子だからだ」とうとう答えた。「幼少時代、ティワ・ネカはすでに部族の他の者とはまったく違っていた。あの娘は神憑《かみがか》りだった。常に神《オリシャ》とともにあった」

——あの娘の一挙手一投足が、他の村人たちに神感《イフェ》を付与した。それを授かったある者はひざまずいて涙し、ある者は彼女は崇拝した。あるいは音楽、あるいは呪文、素っ気ない文法、単語の羅列——あの娘が行うあらゆる行為、あの娘が紡ぐあらゆる言葉に、神感《イフェ》はしばしば混入した。あの娘は力をまったく制御できていないようだった。それはしばしば、村の情調《ムード》を大きく書き換えた。

アッシュは目を見開いた。「情調《ムード》」

長老がうなずく。「その制御不能の操作によって次に何が起きるのか、まるでわからなかった。時によくない方向に向かうこともなくはなかった」

「俺に同じ力はない」とアッシュは言った。「だがよくわかった。あんたは村の長としての責務を果たした」

「いまさら許しを乞うつもりはない」

震え声で話す老いた男の顔がくしゃりと歪む。頬を涙が伝い落ちた。

「だがあの日以来、お前のことを考えない日は一日もなかった」

ふいに、洞の外で吹き荒れる砂《ハルマッタン》嵐の風音に、異質なノイズが混ざる。

アッシュは立ち上がった。「行く」

「せめて夜明けまで休め」

アッシュは首を横に振った。「あんたはこの洞を出るな。いいな」

コイーバが眉をひそめる。「追っ手か」

部族最高の知識を持つコイーバ。若い時代にはヨーロッパに渡り、最先端の大学で学んだ。

「礼を言う」とアッシュは言った。「会えてよかった」

コイーバは両の手のひらに唾を吐いた。旅立つ者を見送る祈りのしるしだった。

洞の外、嵐の中にクローシュ帽の女が立っている。両脇に二人の男を従えている。黒毛のブラックと金髪のブロンド、保全局の同輩たちだ。

「現役の焚像官《リムーヴァー》三人が揃い踏みとは、随分と愛されたもんだな」とアッシュは言った。「いつから俺を見張っていた……」とブリュネットに訊く。

「先日マングローブのテラスで会ったときからずっと」

ブリュネットは自分の鼻の頭に人差し指をあてた。

「貴方って嘘を吐くとき、鼻孔がふわって膨らむの。このことを知っていた……」

「覚えておこう。ともあれ嘘つきの出迎えご苦労」

ブリュネットはクスッと笑った。「あなたらしいわね。そういうところ、嫌いじゃなかったわ」

「よしてくれ、『もう仲間じゃない』みたいな言い方は」

「馬鹿ね」と彼女は侮蔑も露わに言った。「そう言ってるのよ」

ブラックがアッシュを羽交い締めにする。ブロンドがみぞおちに拳を叩き込んだ。胃液がせりあがる。さっき胃袋に招待したばかりのウォーターバックが慌てて顔を出そうとするのを、なんとか押し止める。

「見ての通り、強行軍で疲れがたまっていてね」虚勢を張って口を動かす。「いい加減熱いシャワーを浴びたいと思っていたところさ」

「そんな貴方に吉報よ。感化院《キリキリ》のジェットホースなら、長年こびりついた卑しい汚れまで根こそぎ落としてくれるわ」

ブロンドとブラックはアッシュをひとしきり殴って無力化したあと、後ろ手に縛って体の自由を奪い、防砂飛行車《エアクルーザー》の後部シートに放り込んだ。

航行中に夜が明けた。カラクタ空爆《ヘル》は本日決行される。

7

飛行車《エア》が『天国の口《エヌ・テイ・オルン》』の勢力圏内に入ると、砂嵐《ハルマッタン》のサンドノイズは防砂フィルターによってたちどころに除去され、潟《ラグーン》に築かれたアフリカ最大の都市が眼下に現れる。二十世紀からつづく宿痾のような渋滞道路の上空をゆうゆうと横切り、中央貯蔵塔《ストレージヒル》の飛行車港《ハーバー》に着港した。

焚像官《リムーヴァー》三人がかりで身柄を拘束され、惨めな逮捕者として保安機械《マスカレイド》のゲートをくぐる。中央エレベーター前に着くと、ブリュネットは涙袋に触れて涙袋通信端末《ティアバグ》を起動した。

「ただいま戻りました。ホシも一緒です」

通信相手に報告し、それからアッシュを見た。謎のため息を一つ。理由はすぐに知れる。

「貴方に代われって。ボスよ」

アッシュはブリュネットと視線を合わせながら目元を押さえ込み、共有された通話をキャッチする。局長室のラウンジチェアに腰掛けるボスの姿が目の前に浮かぶ。

「アッシュ。言い訳を聞こうか」

「決勝リーグ進出がかかった、サッカーナイジェリア《スーパーイーグルス》代表の重要な試合があった。絶対に見逃せなかった」

「地元の弱小クラブにいくら肩入れしたところで大局は変わらないぞ」

「たとえスパイが――」ブリュネットがマジェスティックの尻馬に乗る。「――相手チームに潜入して、中からひっかきまわしたとしてもね」

「俺はそうは思わないな」とアッシュは言った。「神様は祈りを聞き届けて下さる」

「ご冗談」

「アディショナルタイムの奇跡のハットトリックさ」

「くだらない暗喩は金輪際よして頂戴」

「ポルノを解禁すべきだ」ブリュネットのリクエストに応えてこの上なく率直に答えた。「それを禁じるのは自然な状態ではない」

ブリュネットは何か卑猥なものでも見せつけられたかのように、苛立ちも露わに目をそらした。

ホログラムのマジェスティックが、たっぷりとした紫煙を吐き出した。煮えくりかえった腸《はらわた》の匂いが、ここまで届く気がした。

「ご高説どうも」と彼女は言った。「よくわかったよ」

「相容れないことが……」とアッシュは訊いた。

「別れのときが来たことが。官能率測定試験《イダンウオ》を受けろ、アッシュ・エリアクゥ」

「試験なら今月はもう受けたはずですが」

「抜き打ちテストだよ。定期試験ではぎりぎり落第を免れたようだが、今回は果たしてどうかな」

「今回、俺の官能率が許容限界の69％を下回ることはありません」とアッシュは断言した。「前回の測定結果は55％。次はもっと高いでしょう。何せこの三ヶ月、抑制剤の服用を止めていますから」

ひっ、と甲高い声を発して、傍らのクローシュ帽の女がのけぞった。

「スネーク島への片道チケットを準備しておく」

冷静さを失うことなくマジェスティックは告げた。事実上の死刑宣告だった。

ブリュネット、とマジェスティックはつづけざまに部下に呼びかけた。

「官能率測定試験《イダンウオ》の準備を、いますぐ。いい機会だ、平均値より上の数値をマークしている局員をリストして、まとめて受講させろ」

アッシュは見せしめというわけだ。法に背いた者がどれほど悲惨な末路を辿るか、目の前で見せつければ、芽生えかけた反抗心もたちどころに霧散するだろう。

「なお」とマジェスティックはつづけた。「『大歌教《ザ・ソング》』の任は今回、お前に一任する。うまくやれ、ブリュネット」

予想外の大抜擢にブリュネットは目を見開いた。たちまち目元に水分が盛り上がり、大粒の涙のしずくとなってぽろぽろとこぼれ落ちる。

「イエス。レディ・マジェスティック」喜びにうち震えながら敬礼ポーズをキメた。

その後、急速に光を失って無慈悲な保安機械《マスカレイド》に近づいてゆくブリュネットの瞳を見つめながらアッシュは、自分は今日ここで殺される可能性が高いだろうと判断した。


更衣室で露出批判《スラット・シェイミング》のつけいる隙を一切見せぬ超ぶかぶかの修道服《バギースタイル・モンク》に着替え、急遽召集された他の受講者に混ざって測定室に移動する。

キリスト教の礼拝堂を模して造られた広間の天井は吹き抜けになっており、二階分の高さを貫く巨大な十字架が飾られている。頬のこけた男が磔刑に処されている。長髪の上に巻いた茨の冠の他には一糸まとわぬ淫らな姿で、露わになった性器は根元で切断されている。断面の造形は執拗なまでに生々しい。

十字架の上に掲げられた聖罪状板に、ヨルバ語の警句が刻まれている。

エベンの黒剣は叛逆の槍に勝る

総勢二十二人の受講者は、十字架の正面に設置された二段ステップに三列横隊で並ぶ。官能《イダ》率測定試験《ンウオ》は男女別に行われるため、今日ここにいるのは男ばかりだ。並び順は前回試験の結果を元に決定される。最高スコア保持者のアッシュはもちろん最前列センターだ。

つづいて少年聖歌隊《クワイヤーボーイズ》が入場する。白い修道服とベレー帽で揃えている。彼らは大歌教《ザ・ソング》によって執り行われる官能率測定試験《イダンウオ》の重要な補佐役だ。張り詰める空気を中和するかのように、めいめい天使の微笑を浮かべている。十六人のガキは八人ずつに分かれてステップの両端に並んだ。

　そして最後に大物が登場する。少年聖歌隊《クワイヤーボーイズ》の一人が高らかにブブゼラを吹き鳴らすと、円形の床の切れ目がぼこっと陥没し、奈落から大歌教《ザ・ソング》が飛び出した。

　肌にぴったりと張りつく黒いラテックス製キャットスーツが、これまで隠されてきた彼女のボディラインを惜しげもなく晒している。目視で体重百キロを軽く超える豊満な巨体だった。

　へその前で合わせた両手に黒い剣を握りしめている。エベンの黒剣は物質界を切り裂く力を持ち、目に見えぬ世界の扉を開け放つと言われる。大歌教《ザ・ソング》の誘惑に屈して反抗の意志を見せた槍《オコ》は、黒剣によって別世界に送られるのだ。

「ヨーマーヨマヨマヨ、ウママウママウママ、ヨママアヨー」

　大歌教《ザ・ソング》ブリュネットによる始まりのスキャットだ。

「ウイドウイドホーイ、あらほらＨｅｙ　Ｇｏ」

　テスト開始。大歌教《ザ・ソング》は足踏みとハンドクラップのみでリズムを形成する。タイトなキャットスーツにねじ込まれた肥満体が揺れ、潟湖《ラグーン》に打ち寄せる波のようにたわむ。『盛り上げ番長』の異名に恥じぬ完成度だ。

つづいて少年聖歌隊《クワイヤーボーイズ》が大歌教《ザ・ソング》の援護射撃を開始する。一糸乱れぬ彼らのストンプがグルーヴを生み出し、うねりにうねった。

「あああああ、もうだめ」とアッシュの左隣の受講者が言った。「体が勝手に動いちゃう！」

こうしてアッシュを含めた全受講者がたちまちのうちに暴力的なリズム＆グルーヴの奔流に呑まれ、全身全霊でスウィングを始めた。ブリュネットはエベンの黒剣をぶん回し、まるで喧嘩でもしているような口調で、

「本番する国絶対反対！」

『アイエ、オー！』と受講者が応じた。

「子作り反対！」

『アイエ、オー！』

「淫行したがる独裁者《シャガリ》はいらない！」

『アイエ、オー！』

「アフリカ・シュラインからラゴスを守れ！」

『アイエ、オー！』

「ポルノ法案絶対賛成！」

『アイエ、オー！』

「ブギはやめろ！」

『ブギはやめろ！』

シュプレヒコールが最高潮に達すると、大歌教《ザ・ソング》は黒剣を床に突き立てる。剣の柄を支えにして背中を仰け反らせ、大きな尻を受講者に向けて、必殺の尻振り《トゥワーク》ダンスを繰り出した。

「どうだい、お前たちの淫らな本性、隠し通せると思うでないよ！」

受講生たちは、イェー！　と応じながらめいめい、両手で自らの下腹部を指さした。日頃の抑制剤服用の賜物、微塵もエレクトしない股間の絶壁を誇り、互いに讃え合う。

大歌教《ザ・ソング》は再び黒剣を引き抜くと、なおも高速でケツを振りながら、今度はステップに近づいて受講者のすぐ目の前にやってきた。近場でよく見ると元はオリーブ色のブリュネットの瞳が、いまは右目だけ赤に変わっている。涙袋通信端末《ティアバグ》に官能率測定のためのプラグイン『粗相発見器《スカウター》』を追加していることの証左だ。

真紅の右目が、ホカホカに温《あった》まった男たちの官能率を順番に測定する。受講者たちはいつ黒剣がペニスをぶった切るかと戦々恐々の体で、下腹部を指さし、声高にノー！　と叫んで無罪の主張を繰り返した。

大歌教《ザ・ソング》はステップのぐるりを一周し、そして最後にアッシュの前に立った。かねてからアッシュの疑惑について聞き及んでいた参加者たちは皆一様に動揺を見せ、ストンプのリズムに乱れが生じる。

「音楽を止めるんじゃないよ！」と大歌教《ザ・ソング》はヒステリックに叫んだ。

局員たちは動揺を押し殺し、辛うじてスウィングを維持する。だがいままさに目の前で起きつつあることの異常さに、気づかぬふりはできなかった。

アッシュの超ぶかぶかの修道服《バギースタイル・モンク》の下腹部に、丘陵が隆起しつつあった。

大歌教《ザ・ソング》ブリュネットの瞳に刹那、生理的嫌悪の色が浮かび、すぐさま消える。局長命令を完遂するための鉄の意志が、生体都市社会のなかで植えつけられてきた強迫観念をいまだけ鈍麻させる。粗相発見器《スカウター》を内蔵した真紅の目が官能率の読み込みを開始し、妖しく明滅した。

「55%――いや、まだ」と大歌教《ザ・ソング》は告げた。「まだ上昇を続けてる」

受講者と少年聖歌隊《クワイヤーボーイズ》が一緒くたになってどよめいた。ブリュネットは高速で尻を振りつづけながら、元同僚の股間をじっと睨みつづける。

「60%」と告げた。震え声の理由は尻振りダンス《トゥワーク》の波紋のせいばかりではないだろう。

すでに「官能率に問題なし」と認定された他の受講者は、ここに至って善意の心を発露させる。公序良俗の前提に則り、〝屹立する槍《オコ》〟なる反社会性物質をこれ以上純真無垢な天使の目に触れさせまいと、聖歌隊のガキどもの目元を大人の手のひらで覆い隠した。

「音楽をつづけるんだよ！」と盛り上げ番長は鬼の形相で盛り上げた。

受講者たちは大歌教《ザ・ソング》のご機嫌を損なわぬよう歌いながら、器用に少年聖歌隊《クワイヤーボーイズ》の目を塞ぎつつアッシュの傍を離れた。槍《オコ》を膨らませる罪人と高速尻振りダンサー《ハイパートゥワーカー》を取り囲む軽蔑の輪が生まれた。

一触即発の空気のなか、観客たちの好奇の眼差しが、膨らみ続けるアッシュの槍《オコ》と、眼前の獲物によだれを垂らすエベンの黒剣のあいだをぐるぐると行き交い始める。

「65%」と大歌教《ザ・ソング》が宣告する。

臨界点だ。盛り上げ番長は、畏れ多くも盛り上がりにおいて番長のそれを超えようとしているアッシュの股間を、愛憎入り混じった目で凝視する。アッシュはここに至り、足踏みしながら手拍子を打つ茶番を自らに課すことをやめた。腕を組み、目をかっと見開いて仁王立ちした。あまりの大胆不敵さに「この男はもう駄目だ、気が触れちまってる」といったような声が観衆から漏れた。ただならぬ空気を察知した聖歌隊のガキどもが、次から次へわっと泣き出した。

「やれよ」とアッシュは乾いた声で言った。

「66、67、68」ブリュネットは測定をつづけた。

「やれ！」とアッシュは叫んだ。

「69——」

大歌教《ザ・ソング》はついに尻を振るのをやめ、黒剣《エベン》を頭上に振り上げた。

「——70」

「許容限界値、を、超え、た」取り巻きの一人が脱帽して呟いた。

「お里が知れたね、性欲《バイアグラ》をもてあます者！　愛しの息子に別れを言いな！」

黒剣《エベン》が振り下ろされる。漆黒の刃は純白の修道服の胸部を切り裂きながら、その直下にそそり立つものへと襲いかかった。

「ギャッ！」というあられもない声が荘厳な礼拝堂に響き渡った。

悲鳴は大歌教《ザ・ソング》のものだった。その手の中に残ったものはいまや、エベンの黒剣の柄ばかりだった。折れた刃が宙を舞い、彼女の足下に突き刺さった。

黒剣の刃が折れた。猛り立つアッシュの槍《オコ》が、硬度において剣に勝《まさ》ったのだ。

大歌教《ザ・ソング》はびっくり仰天して尻餅をついた。折れた剣の柄が手のなかからこぼれ落ちた。観衆どもが狂乱の体で口走る。くそったれ、妖術をかけられた。梵像官《リムーヴアー》の槍《オコ》は化け物か。ああ夢なら醒めてください。——彼らは突きつけられた現実のあまりの卑猥さに耐えかねて、もつれ合い、押し合いへし合いしながら測定室を逃げ出した。

大歌教《ザ・ソング》は腰が抜けて立てなかった。眼前の異形を凝視し、

「しっかりしなさいブリュネット、他の誰でもないあのボスが、私をこの大任に選んでくださったのよ。そう私は大歌教《ザ・ソング》、歌って踊れる盛り上げ番長！　70、75、80％——」

端的に言って錯乱している。女は粗相発見器《スカウター》が示す、許容限界値を超えてなお過去最高値を更新しつづける悪魔の数字を、憑かれたように計測しつづける。

「——きゅ、90％」

ついに恥じらいに頬を染めた。

「貴方は——」

想定を遥かに上回る官能率が検出された結果、測定室の照明が落ちた。緊急事態を示す赤いランプが灯り、ジャングルの獣たちの声をサンプリングしたパラノイアックな警報音が響き渡った。

「俺の名前を聞け」

「——貴方は、何者」

「俺の名前はアッシュ・アーヨ！　母は九年戦争の英雄ティワ・ネカ！　英雄の意志を完遂するため、ラゴスに帰ってきた！」

——お前の槍《オコ》で天を衝《つ》け！

雷に撃たれたように全身が痙攣した。アッシュは官能の特異点《セクシユアル・シンギユラリティ》を超え、超エクストリームな絶頂感に野獣の咆哮をあげた。ブビンガの灰の中から不死鳥のように蘇った激槍《ゲキオコ》が、測定室の数の子天井を突き破り、中央貯蔵塔《ストレージヒル》のすべての階層を貫いて遥かな宇宙へと伸び、月を砕く様を幻視した。

「これが俺の全欲全快《オーガズム》！」

ブリュネットの右目が爆発した。粗相発見器《スカウター》に規格外の負荷をかけつづけた当然の帰結だった。

アニマル・アラートが止み、レッド・ランプが消灯した。

「１２０％」

大歌教《ザ・ソング》は夢見心地の声色で報告した。

「He's Erectric——反り返り《エレクトリック》アッシュ」

その言葉を最後に白目を剝いて気絶した。

礼拝堂を後にして、更衣室で受講者が置いていった都市迷彩柄《シティカモ》のタクティカルスーツを調達する。腰に剣鉈《バンガ》を差し、負紐《スリング》にショットガンを固定する。

警報は中央貯蔵塔《ストレージヒル》全体に響き渡り、保全局は厳戒態勢に移行した。アッシュは武装した局員たちを死角に隠れてやり過ごし、エレベーターホールに着くと降下ボタンを押した。焦れったい数十秒。そして昇降扉が開いた。アッシュはちっと舌打ちをする。

塔の守護神たる保安機械《マスカレイド》がエレベーターボックスから登場し、怒れるオオアリクイのように折りたたんだ手足を広げてアッシュを威嚇する。

8

同日同時刻、ブギ・ナイツはアフリカ・シュラインの舞台上にいた。

いまやイケジャ地区全域がアフリカ・シュラインであると言っても過言ではなかった。シュラインを囲む高い塀は軍隊に破壊され、内と外の境界はなくなった。

上空に十三機の戦闘ヘリ《ローイファルク》が飛び交っている。周囲のビルはすでに制圧され、タクティカルスーツを着込んだ兵士たちの根城と化している。ヘリとビル高層階の両方に配置されたスナイパーたちが狙撃銃《スナイパーライフル》を構え、悪の親玉を殺す手柄をものにしようと虎視眈々、機を窺っている。にもかかわらず、労働者層《ゲットー》はこの作戦決行エリアへと続々集まり、その人口は間もなく百万人に達しようとしていた。

彼らは歌っていた。ブラスバンドの編成に、コンガ、ジャンベ、ボンゴ、多様なアフリカン・パーカッションがビートで大地を揺らす——アフロビート。そのサウンドはファンク、ジャズの流れを汲み、力強く、何よりも自由だ。

戦闘ヘリ《ローイファルク》の羽音と、労働者百万人のアフロビート叙事詩とが互いに相手を呑み込まんとせめぎ合うなか、稀代のポルノ・テロリスト〈映画監督〉はついに、政府転覆の恐ろしい陰謀を画策する。

メイクアップアーティストが俳優の顔や体にペインティングを施している。原始的なスピリチュアルパワーを解放するためだ。

「新作を撮るんだな」支配人オラディポが映画監督に訊く。興奮に息を荒らげながら、「Yo、我が友《オルク・ミ》。どうか教えてくれよ。タイトルはなんていうんだい……」

「ナ・ポイ」とブギ・ナイツは言った。それが問いかけへの答えだった。

オラディポは目を丸くして、ナ・ポイ、と口のなかでもごもごと繰り返しながら天を仰いだ。

「あんた正気なのか……」モギリのアジボエがやってきて、咎めるように言った。「血が流れるぞ。どうやって責任とるつもりだ……」

新人モギリは映画監督を見て、ひっと声を上げた。ブギ・ナイツの洗いざらしの白Tの胸部に、赤い斑点がいくつも浮かび上がっている。軍のスナイパーどもの可視光照準《レーザーサイト》が、「貴様のハートをぶち抜くことなどいつでもできる」と挑発しているのだ。

「革命さ。必ず血は流れるだろう」とメイクを終えたリーゼントにヘビ革ジャケットの反逆児が言った。

「そいつは避けられない。けどいいさ。他に方法はないんだ」同じく支度の整った、坊主頭《シェイヴド・ヘッド》にサソリのピアスの大女が言った。

「命を賭すだけの価値がある」

「本当の名場面だ」

映画監督は最高の役者たちに向き直り、短時間でステージ上にあつらえたこの世のものとは思えぬ舞台セット——クラシックバレエの一幕のように青いガス灯で立ち上がらせた、月の光に洗われた神《オリシャ》の砂漠、砂の上に広げられたヌーの毛皮の絨毯を手振りで指し示した。

「俺たちの戦争《ポルノ》を始めよう」とブギ・ナイツは言った。「世界を変えるぜ。そうでなけりゃあ映画を撮る意味なんてないんだ」

9

アッシュはエレベーター昇降扉の隙間に剣鉈《バンガ》を突っ込んでこじ開け、なかに顔を突っ込んだ。上を見上げるとはるか頭上でエレベーターボックスが停止し、どかどかと揺れている。新たな人員を積んで、再びここへ戻るだろう、裏切り者を排除するために。

保安機械《マスカレイド》はアッシュの傍らで物言わぬオブジェと化している。さんざ剣鉈《バンガ》による物理でぶっ叩いた挙げ句、最後は鉄板内部に格納された内部電源に向かってゼロ距離でショットガンをお見舞いしてやった。

そいつの傍に戻ると、右肘関節の隙間に剣鉈《バンガ》をあてがった。力を入れると背骨の鈍痛が強まった。おそらく折れている。先刻、奴の厚い抱擁を受けたときのものだが、保安機械《マスカレイド》とタイマンを張ってこの程度で済んだのはむしろ幸運だろう。痛みを堪え、てこの原理の要領でなおも力を込めると、前腕の装甲がべりっと剝がれ、内蔵されたウィンチが剝き出しになった。

ドラムに多層巻きされたワイヤーロープ先端のクロム鉤《かぎ》を、タクティカルスーツのカラビナに固定する。念入りにホールドを確かめると、新たな追っ手の到着を待たず、昇降扉の奥の底なしの闇に降下を開始する。

保安機械《マスカレイド》の前腕から送り出される一本のワイヤーロープを頼りに、壁を蹴り、奈落へと降りてゆく。地上階を過ぎ、地下階層に入ると自然光が消え、闇の世界が立ち上がった。

いつしか無数の命の気配が、背徳の槍を携《オコ》えた孤独な地底旅行者を取り囲んだ。地下世界は保全局と権威を二分する『生産局』の管轄だ。中央貯蔵塔《ストレージヒル》の名前の由来にもなっている最重要施設『貯蔵庫《ストレージ》』――今日も母の存在なきまま産声をあげる新生児たちの冷たい鉄のゆりかごが、壁を挟んだすぐ向こう側にある。

やがて命の気配さえ頭上はるかに遠ざかり、消えた。

一万年の降下の後、ナイキのスニーカーの靴底《アウトソール》が最下層の分厚い鉄板を踏みつける。予備電源で青白く光る通路の先に待ち構えているのは巨大な夜だ。タクティカルスーツ胸部のカーゴポケットから暗所作業用のハンドライトを取り出して点灯した。ライトを振ったが、か細い光は充満する闇を溶かすことができない。

ためらいを捨てて暗闇のなかへと歩を進めると、人感センサーが来訪者を感知した。夜に光る星座のように、一つ、また一つと白いインジケータが瞬き出し、隠された空間を暴いた。

息を吞んだ。地の底の大伽藍だ。直径にして二五〇メートルを超えるドーム型の広大な空間が眼前に広がった。

ゆるやかなすり鉢状に傾斜したドームの中央に巨樹が根を張っている。幹の高さだけで三十メートルを超える巨大な竜血樹だ。幹のてっぺんから一斉に伸び出した樹冠の広がりはキノコ状のシルエットを持つ。腸のように赤くぬらぬらとした無数の枝々はさながら折りたたまれ体内に収納された動物の内臓のごとくだ。ぎっしりと密集し、複雑に絡み合い、もつれ合いながら頭上へと伸びて、六十メートルを超える高さを持つ天球状の天蓋を突き破りそのなかに消えている。

無脊椎動物の触手を彷彿とさせる生き物じみた根が、幹の足下から放射状に広がってドームの円形フロア一体を侵凌している。アッシュの足下まで伸びた根の一本を踏みつけるとソーセージのような弾力がある。内側は中空になっており、管のなかを液体が巡る気配が靴底を通して伝わってくる。竜血樹に酷似した肉の樹は、大地から養分を吸い上げていまも成長しているのかもしれなかった。

すり鉢のへりから足を踏み出し、ゆるやかな傾斜を降りていく。中心に近づくにつれて強烈な匂いが鼻を突き始める。柑橘系のブチュの香り、鎮痛・抗炎症系のメディカル・ハーブの匂い、そこに僅かな腐臭も混ざる。

竜血樹の周囲には赤い砂地が広がっている。表面を埋め尽くす根と根の隙間に覗く砂のなかには動物の角、頭蓋骨、蛇や鳥やカメレオンの干物、多様な紋様の仮面など大量の呪具が埋まっている。

赤砂を踏み、巨樹の傍にたどり着くと刺激臭はますます強まった。間近で見ると幹全体にびっしりと、生身の人の手で彫ること叶わぬ、超微細・超精巧なヨルバ神話の刺青《タトゥー》が刻まれている。巨樹の胴に、幾何学迷彩《ジオメトリック・カモ》によって擬態し、幹に同化した、全長六メートルの巨人が磔にされている。きれいに剃りあげられた頭部から竜血樹の枝に似せた千のパイプが生えている。パイプは罪人の頭上で樹冠と合流し、枝々とともにドーム天蓋へと健やかに伸びている。肉体は熟れすぎた果実のように膨張し、一糸まとわぬ姿でありながらオーバーサイズの風船服を着ているみたいにぶよぶよだ。裸体の胸部には豊かな二つの膨らみがあり、重力に従って腹部近くまで垂れ下がっている。

下腹部に槍《オコ》はなく、代わりにふっくらとした丘があり、そこを覆う陰毛の茂みの奥に控えめな縦ひとすじの切れ目が隠されている。女だ。この女を知っている。変わり果てた姿だが、卵型の顔立ちとアーモンドの目にかつての面影がある。

「ティワ・ネカ・アーヨ」とアッシュは言った。

幾何学模様の刺青《タトゥー》の上からスピリチュアル・パウダーの死化粧をまとった素肌をよくよく見れば、無数の皺が刻まれている。英雄が九年戦争に終止符を打ったのは僅か十七年前のことだ。にもかかわらず、彼女の肉体のうえではゆうに百年の時が経とうとしていた。アッシュを孕みブビンガの木の股に託した女、九年戦争の英雄――なれの果ての巨人はいまアッシュの眼前で、焦点の合わぬ虚ろな目を宙に漂わせ、一定のリズムで静かに呼吸を繰り返している。

まだ生きているのだ。

「はじまりは人だ」と声がした。「この都市の核には一人の人間がいる」

背後を振り返った。ナポレオンジャケット姿の幼い娘が、ブロンド髪と黒髪の男に両脇を守らせて立っている。

「『貯蔵体《ネオモート》』だよ」とマジェスティックは言った。

貯蔵体《ネオモート》——その実在はこれまでずっと、噂の範疇を出ない曖昧で不確かなものとして捉えられてきた。

九年戦争が終戦を迎えた翌二〇五四年、ラゴスはこの画期的な循環装置を迎え入れることにより生体都市へと生まれ変わった。肉壁《オディ・エラン》も気孔《ストーマ》も天国の口《エヌ・ティ・オルン》も、この器官の活動なくしてはエナジーの供給が見込めず、サスティナブルな活動がたち行かない。いわば都市の心臓だ。

「環境完全都市《アーコロジー》が聞いて呆れる」とアッシュは吐き捨てた。「よもや、生体都市の心臓たる貯蔵《ネオモー》体《ト》の正体が——」

——生きた人間の供物であるとは。

「遺伝子操作技術、クローン技術、ヴードゥー死者蘇生術の粋を結集して生み出された最新型のゾンビ。それが貯蔵体《ネオモート》の正体だ」とマジェスティックは言った。

——言うなれば、人体を元に構成された、再生と搾取のサイクルを無限に繰り返す永続的資源供給装置。遺伝子操作によって巨大化した肉体は、使い物にならなくなった部位から順にクローン技術によって修繕され、半永久的に生き長らえる。肉の樹は再生を繰り返す肉体から臓器や血液を常に新鮮な状態で搾取し、カロリーを搾り取る。

幹に取り込まれた女の肉体を、都市の循環器系を統べる心臓と捉えるならば、竜血樹の枝を模した六十メートルの樹管は、さしずめ心臓のポンプ機能によって中枢より送り出された血液を都市の全身へ行き渡らせる血管だろう。吸い上げられた竜血は樹管を経由して中央貯蔵塔《ストレージヒル》直下の地中を走り、そこでさらにいくつもの枝分かれを繰り返しながら地表に至る。地表には生体都市の皮膚たる肉壁《オディ・エラン》が張り巡らされている。吸い上げられ、錬成された情調抑制剤《パウダー》は肉壁《オディ・エラン》に穿たれた無数の気孔《ストーマ》から分泌され、生体都市全域へと散布され、この都市に生きる市民の情調《ムード》を制御《コントロール》して服従の犬に変える。

「あなたはずっと知っていた」とアッシュは言った。「あなたは貯蔵庫《ストレージ》で生を受けた。生殖機能をも半永久的に保持する貯蔵体《ネオモート》の体内に宿り、生体都市のゆりかごに託された。あなたもまた英雄の子だった」

「ゾンビの子の間違いだろう」とマジェスティックは自嘲する。

「どんな気分がする……搾取と修復の終わらないサイクル、死ぬことも叶わぬこの世の地獄で、母が苦しみ悶えるのを間近で見守りつづけることは」

「ナイジェリアが秘密裏に貯蔵体《ネオモート》の運用を決めたのは、戦後も尾を引いた虐殺と飢餓と貧困のあえぎのさなかのことだった。この国は破綻寸前だった」

件の革命騒ぎの後、奇跡的に一命を取り留めたものの脳死状態となった英雄に白羽の矢が立ったのは、そんな終戦直後の疲弊と思考停止のさなかだった。

――私は新世界の礎とならねばならない。

「やむをえなかったと……」

口にした煙草の先端が赤くなる。幼い容姿にそぐわぬ達観した瞳は、煙草の火の光をいくらも反射することなく、地下空間《ジオフロント》に訪れた夜よりも昏く濁って沈んでいる。無言の肯定。そして少女は胸の前で人差し指を立てた。合図を受けた兵士たちがアサルトライフルを構えた。いまはまだ冷たい二つの銃口がアッシュを睨みつけた。

「いま一度選べ、アッシュ・エリアクゥ」とマジェスティックは言った。「貴様をたぶらかす下腹部の蛇をエベンの黒剣に捧げ、感化院《キリキリ》で良心を取り戻して再起を図るか。それとも生殖の権利を主張して生体都市の調和をかき乱す労働者層《ゲットー》への肩入れをつづけ、不名誉な死を遂げるか」

狼の目《ウルフ・アイズ》に僅かばかりの慈悲の光が灯る。

「お前を殺したくはない」

アッシュは首を横に振った。

マジェスティックは滔々とつづけた。「カラクタ空爆《ヘル》は予定通り本日十七時に決行される。戦《ロー》闘ヘリ《イファルク》はイケジャ地区を火の海に変え、その場にとどまった労働者層《ゲットー》を根絶やしにするだろう。お前がそれを止める努力をせぬ限り」

「それを聞いて安心しました」とアッシュは言った。「要するに現時点ではまだ、暴動は起きていない」

マジェスティックは灰に変わった煙草を捨てた。慈悲の光がたちどころに失せ、狼の目《ウルフ・アイズ》は三日月に姿を変えた。柔和でエレガントな微笑を浮かべてボスは言った。

「殺していいよ」

元同僚の片割れがためらいなく引き金を引いた。鉛玉がアッシュの額にめり込むと同時に、鈍い金属音が響き渡った。額の奥に隠された鉄板——母が遺した、戦争を終わらせた爆弾の破片が、弾の貫通を阻んだ。

アッシュは目をかっと見開いた。血腥《ちなまぐさ》い眼前の景色に、別な、異質な風景が折り重なる。千の太陽に照りつけられた、どこまでも果てしなく広がる赤き砂漠——

——神《オリシャ》の世界。

宇宙規模の広大な砂漠に、その砂粒の一つのようにちっぽけな女が、一人で立っている。アッシュはゾンビの足取りで彼女に近づく。すぐにでも息の根を止めんと小銃を構える敵に堂々と背を向け、額からだらだらと血を流し、股間をめいっぱい怒張させながら。

「よせ」とマジェスティックはヒステリックに叫んだ。「おぞましい、邪悪な悪魔を私の眼前に差し出すな!」

その声はアッシュには届かない。そして男は母の元に至る。神の砂漠にただ一人屹立する巨大な母の、人工的によく肥やされた豊満なふくらはぎにすがりつく。大粒の涙が伝う頬を女の膝に擦りつける。女の下腹部に生い茂る豊かな陰毛に剣鉈《バンガ》をあてがった。刃を引いた。縦一本の切れ目が赤裸々に現れた。それを凝視してアッシュはうっとりと恍惚に充ちた顔で、笑った。

マジェスティックは喉を詰まらせ、目を剝いてその場にへたり込んだ。悪寒に襲われたコレラ罹患者のごとく己が体をひしと抱き、とうとうしくしくと泣きだした。

命令者を失った二人の梵像官《リムーヴァー》、ブラックとブロンドが依然、小銃の引き金に人差し指を引っかけ、だが気迫に呑まれがたがたと震えて照準《エイム》も覚束ない状態で監視をつづけるなか、アッシュは構わず竜血樹の剪定を開始する。剣鉈《バンガ》が枝を切断すると、内部を流動する竜血を勢いよくほとばしらせながら樹管が躍った。それは痛みと苦しみにのたうちまわる死に際の蛇に見える。続けざまに二本、三本と次々断ち切る。すべての管を切断して、巨樹の体内を循環していたあらゆる成分の供給が止まると、巨人の肉体が急速に壊死し始めた。枝の切断部から体液が、血が、脂肪分がだだ漏れに流れ出す。皮膚が収縮し、肉体は痩せゆき、腐蝕の進行した部位は、ぐずぐずになって先端部から順に剝がれ落ち、溶解してヴードゥーの赤い砂地に染みこんだ。

壊死して溶け出した幹の奥から、余計な添加物がすっかり取り払われた、オーガニックな母の姿が現れる。衰えやつれ、あまりにもか細く、痛々しい。そのさまに、生きながらにして死臭をふんぷんとまき散らす惨めな英雄の姿に――

――どうしようもなく心惹かれた。

剣鉈《バンガ》が手のなかから滑り落ち、地面に突き刺さった。ブラックとブロンドはほとんど同時に恐慌に見舞われ、言葉にならない奇声を発しながら、弾がすっかりなくなるまでやりまくってやるとばかりにアサルトライフルをぶっ放した。だが僅か三メートル弱の至近距離にもかかわらず弾は全弾はずれ、アッシュにかすりさえしなかった。

化け物め、とブロンドが声をわななかせて独りごちる。そして二人組は無用の長物となった小銃を捨てると、依然しくしく泣きどおしの幼児退行した小娘を抱き上げ、一目散に逃げ出した。

「母さん」

二人きりでいるにはいささか寂しすぎる広大な大伽藍の中枢で、アッシュは静かに母に呼びかけた。その傍らにひざまずく。グロテスクなぶよぶよの肉片と竜血がこびりついた、痩せこけた体をひしと抱いた。

このまま強く抱きしめたら、壊れてしまいそうだと思った。

「苦しかったかい……そりゃそうだよな」とアッシュは言った。「ずっと俺たち、あんたに頼りきりだったもんな」

――私は新世界の礎とならねばならない。

神憑りの英雄ティワ・ネカ。幼少の頃より周囲の人物の情調《ムード》を集落規模で改変した。九年戦争の英雄として一度散り、〝新世界の礎《ネオモート》〟として意図せぬ復活を遂げた後、情調制御《ムードコントロール》による支配を脱する戦いをたった一人でひそかに開始した。保全局の魔手届かぬ海賊版《ブートレグ》の森のＶＣＤに神感《イフェ》を付与し、労働者層《ゲットー》への啓蒙を粘り強くつづけた。

「世話をかけた。もうじゅうぶんだから安心して。俺たちはうまくやっていける。願わくばどうか、精霊《ヴォドウン》の世界から見ていてくれ」

いつか俺もそっちに行くよ。母を抱く両腕にありったけの力を込めた。女の肉体が糸のようにほどけた。

アッシュは彼女の亡骸に油を塗り込み、火をつけた。炎はたちまち大きくなり、ドームいっぱいに枝を伸ばす竜血樹と、それを取り囲む砂中の呪具のすべてを飲み込んで、地底世界に燦然と輝く眩しい太陽となった。

燃え尽きた英雄の亡骸は灰となり、天蓋に無数に穿たれた穴へと吸い込まれると、地中をひた走って地上に昇り、生体都市の表面を覆う肉壁《オディ・エラン》の気孔《ストーマ》から勢いよく噴出して都市全域を包み込んだ。ハッピーオーラだ。ぴかぴかのハッピーオーラがラゴス全市民に神感《イフェ》を与え、ついに彼らを情調制御《ムードコントロール》の支配から解放した。バナナの皮が剝け、アヴォカドは熟してみずみずしい水分をにじませた。それは生体都市の生誕以来初めて起きたことだった。

10

Directed by
Boogie Knights

A Boogie Knights Film
"Na Poi"

原初、人は火を崇拝した。火は光の源であり、火は闇を照らす。火は智恵の象徴だ。火は不浄なるものを焼き尽くして清浄にする。火は常に上に燃え上がり、火は常に煙を立ち上らせる。

ヌーの毛皮の上に二人の男女がいた。二人はともに裸で、二人はいまや火そのものだ。まるで火の精霊シャンゴが霊力を彼らに分け与えたかのようだった。

女と男が唇を重ね、ナ・ポイが始まる。

そう、恋人たちだ。リル・オイェはナイジャのサソリのピアスにもキスを贈り、「君は美しい」と耳元で囁いた。ナイジャはそっと静かに目を閉じて、囁かれる言葉が、ただの言葉がこれほどまでに歓喜の渦を巻き起こすものかと驚きにうち震えた。目を開け、感情の赴くままにリル・オイェの口腔に長い舌をねじ込んだ。ざらついた感触と体液の交換が、乾いた喉を潤すココナッツジュースの陶酔を双方にもたらす。

リル・オイェはナイジャの服を脱がせ、乳房に顔をうずめて鼻腔を膨らませ、おもいっきり匂いを嗅いだ。彼女が彼の頬をつねる。彼は苦笑した。

けれどもリル・オイェはこぼれた笑みをすぐに引っ込めてしまう。女に意地悪したくなっている、まるで十歳の子供のように。乳房の先端を口に含んだ。赤く熟れたグミの実のように瑞々しくかわいらしい、ころりとした乳頭を、ゆっくりと舌の上で転がして愛撫した。ナイジャが甘い声をあげた。

恋人たちはこれまで内に秘めてきた偉大なるシャンゴの火を、いまがそのときと激しく燃え上がらせ、貪り合い、喰らい合い、愛し合った。そうして契りの準備が十全に調うと、長い下まつげをたたえたリル・オイェの濡れた目が、無言でナイジャに懇願する。ナイジャは少し恥じらい顔を背け、体の下のヌーの毛皮に指を這わせて意味もなくくるくると弄ると、もう一度リル・オイェに向き直り、「やれるものならやってみろ」とでも言いたげな挑発的な目つきでウインクを投げた。

——Yo、アッシュ。見ているか、アッシュ。愛というやつは、おもしろい。俺たちのように男同士でなくても、あるいは女同士でなくても、性をまたいで、また別の仕方で、それは育むことができるんだ。そいつを証明する偉大なる革命的映画をいま、俺は撮ってるぜ。

愛こそがすべてだ。

適度な硬度を持ったリル・オイェのバナナが、ナイジャのアヴォカドを優しく剝き、奥へと侵入していく。女は苦しげな声をあげる。男はいったん動きを止め、女の身を案じる。女は苦しげな顔になんとか笑みを作り、何てことない、と答えて男の献身に応じた。男は女の頰に手のひらをあて、何よりも君が大事だ、と言った。やめないで、と女は言った。

熟れたアヴォカドが健康なバナナを吞み込んだ。男は女の髪をなで、きれいだと言った。女は苦しげな顔に誇らしげな笑みを浮かべ、誰もがこの髪に触《さわ》れるわけじゃない、と応じる。君が俺を選んでくれて胸が破れそうなほどうれしい、と男は吐露した。

リル・オイェは深く突き立てたものをゆっくりと後退させる。そしてもう一度——女のさらに深部へと己の先端を送り込んだ。

「優しいあなた」とナイジャは甘く囁く。「そう、そのまま、ゆっくり愛して」

かつて都市によって剝奪され、都市による独占の対象となっていた一つの崇高な権利が、長い年月を経て人の手に再び、取り戻される。

「気持ちいい」
「溶けちゃいそう」
「好きだよ」
「私も」
「愛してるよ」
「愛してる」

幾多の機関銃が彼らを狙っていた。労働者たちは歌いつづけた。機関銃は彼らを殺さなかった。ヘルファイア・ミサイルを搭載した十三機の戦闘ヘリ《ローイファルク》が上空を飛び交っていた。労働者たちは歌いつづけた。機関銃は彼らを殺さなかった。

生体都市の活動停止《ブレイクダウン》により、砂嵐《ハルマッタン》が天国の口《エヌ・ティ・オルン》を乗り越えてラゴスを襲った。労働者たちは歌いつづけた。機関銃は彼らを殺さなかった。

男は精を放った。女は受け止めた。労働者たちは歌いつづけた。機関銃は彼らを殺さなかった！

〈参考文献〉

島田周平『物語 ナイジェリアの歴史 「アフリカの巨人」の実像』中央公論新社（2019）
ブリジット・ジャイルズ著、マシューズ・オジョ監修『ナイジェリア（ナショナルジオグラフィック世界の国）』ほるぷ出版（2009）
カルロス・ムーア『フェラ・クティ自伝』KEN BOOKS（2013）
「特集『African freestyle ワイアード、アフリカに行く』」『WIRED VOL.29』コンデナスト・ジャパン（2017）
塩田勝彦『ヨルバ語入門』大阪大学出版会（2011）
酒井透「Nigeria ヨルバの聖なる神々の地」『国際協力（528）』国際協力機構・編（1999）

初出一覧

「すべての原付の光」ＳＦマガジン二〇二二年八月号
「ショッピング・エクスプロージョン」ＳＦマガジン二〇二二年二月号
「ドストピア」『ポストコロナのＳＦ』ハヤカワ文庫ＪＡ、二〇二一年
「竜頭」Sci-Fire 2018、二〇一八年
「ラゴス生体都市」『ゲンロン９』二〇一八年（第二回ゲンロンＳＦ新人賞受賞作）

この作品はフィクションです。実在の人物、団体、事件などには関係ありません。

すべての原付《げんつき》の光《ひかり》

二〇二五年四月 二十日 印刷
二〇二五年四月二十五日 発行

著者 天沢《あまさわ》時生《ときお》

発行者 早川 浩

発行所 株式会社 早川書房

郵便番号 一〇一‐〇〇四六
東京都千代田区神田多町二ノ二
電話 〇三‐三二五二‐三一一一
振替 〇〇一六〇‐三‐四七七九九
https://www.hayakawa-online.co.jp
定価はカバーに表示してあります

印刷・星野精版印刷株式会社　製本・大口製本印刷株式会社

ISBN978-4-15-210419-9 C0093

乱丁・落丁本は小社制作部宛お送り下さい。
送料小社負担にてお取りかえいたします。